LES BOUCS ÉMISSAIRES
DE L'HISTOIRE
POURQUOI LEUR A-T-ON FAIT PORTER LE CHAPEAU ?

スケープゴートが変えた世界史 上

ネロ、ルクレツィア・ボルジアからカトリーヌ・ド・メディシス

ヴァンサン・モテ
Vincent Mottez
太田佐絵子 訳
Saeko Ota

原書房

スケープゴートが変えた世界史・上

◆ネロ、ルクレツィア・ボルジアからカトリーヌ・ド・メディシス

スケープゴートが変えた世界史・下◆目次

なぜこれほど憎まれるのか

「『いや』と、僧は言った。『すべてを真実だなどと考えてはいけない、ただそれを必然だと考えなくてはならないのだ』

『憂鬱な意見ですね』と、Ｋは言った。『虚偽が世界秩序にされているわけだ』」

フランツ・カフカ、『審判』（『審判』、原田義人訳、新潮社）

彼らは死刑を宣告されたり、殺害されたり、自殺に追いやられたり、生前あるいは死後に侮辱されたりしている。さらし者にされた彼らはみな、みずからの意に反して時代の諸悪の責任を負った。暴君、裏切者、陰謀家、侵略者、風紀を乱す者、公金横領者などとして…。彼らはそれぞれ、現実のものであれ、仮想のものであれ、社会にとってのこのうえない危険を体現し、さまざまな怨恨に明確な形を与えた。怨恨はいつまでも消えることがなく、彼らは責任を負わされ続けている。彼らは記憶上の呪われた者たちであり、歴史上のスケープゴートなのである。

みずからが生み出した憎しみによって命を落とすこともあるが、ほとんどの場合、彼らが高い代償を払うのは死後のことである。勝者たちはしばしば多くの想像をまじえて自身の歴史を書きしるすが、「敗者に災いあれ」で非はつねに敗者の側にあるとされる。そして特定のイメージが人々の心に深く刻まれ、彼らの名前と不可分のものとなる。たとえば、ネロと竪琴、ルクレツィア・ボルジアと毒薬、カトリーヌ・ド・メディシスと占星術師、マリー・アントワネットとブリオッシュ、ロベスピエールとギロチン、のように。こうした決まり文句は、ヘラクレスを死にいたらしめたネッソスのチュニックのように、彼らの皮膚に貼りついている。しかし、本書に集められたスケープゴートたちは、根強い伝説、たわいない逸話、エピナル版画と呼ばれた色刷りの大衆版画の題材というだけではなく、帝国の崩壊、革命の騒乱、政治家の暗殺などによってしばしば歴史の流れを変え、ときには世界の様相を変えた。

時間とともにすべてが消え去るというわけではない。「人の噂は怖るべきもので、重さは軽く、持ちあげるのはいとたやすいが、運ぶ（しのぶ）のはむずかしく、下に置くのも容易ならぬ荷のようなもの」（『仕事と日』、松平千秋訳、岩波書店）と、ギリシアの叙事詩人ヘシオドスは紀元前八世紀にすでに指摘している。そしてたんなる噂話が、時代を経るにつれて既成事実とされてしまうのである。いくつかの嘘は、それを口にした者たちの思惑をはからずも明らかにする。偽りの悪人がいるのと同様に、反論する権利を永久に奪われた敵対者を中傷することで、みずからはいい思いをして喜んでいる偽りの善人もいる。「中傷せよ、中傷せよ、そうすればそこから必ず何かが残るだろう」［フランシス・ベーコンが『学問の進歩』で引用していることわざ］。怨恨が堆積されるにつれて、何世紀ものあいだおこなわれることのなかった申し立てはいっそう困難なものとなる。黒い伝説は独自の存在となり、歴史的研究とは別に存続する。「美しい子どもたちを生み出すかぎり、歴史を犯すことができる」と述べたアレクサンドル・デュマのように、芸術家たちはそれを広めることに貢献する。もっとも、言い古された決まり文句のなかには、注意深い検証に耐えられないものもある。だが巧みに描かれた文学的表現を前にして、歴史家が何冊か本を書いたからといって、大衆の心に何をもたらすことができるだろう。歴史という法廷の判決は決定的なものだろうか？　スケープゴートたちは永劫にわたる罰を宣告されているのだろうか。

このことは、日常語に取りこまれたこの表現の遠い起源からも推測できる。スケープゴートという表現は、『旧約聖書』の「レビ記」第一六章を起源とするが、ヘブライ語で書かれた最初の版では「アザゼルの雄ヤギ」という言葉が用いられている。贖《あがな》いの儀式のあと、祭司は雄ヤギの頭に両手を置いて、イスラエルの人々のすべての罪を象徴的に担わせた。雄ヤギはすべての罪を一身に背負い、永久に追放されて、人を寄せつけない砂漠の谷に住む悪魔アザゼルのものとなる。ギリシア語版では「送り出される雄ヤギ」と翻訳されており、紀元四世紀以降に編纂されたラテン語版のウルガタ聖書では、「放たれた雄ヤギ（caper emissarius）」という言葉で表現されている。

贖罪のための犠牲は、漠然とした迷信という以上に、集団の責任を罪のない犠牲者の背に負わせるという具体的な必要性があることを示している。ラ・フォンテーヌの寓話の「ペストにかかった動物たち」では、聖書のエピソードに嘲笑をこめた再解釈がなされている。オオカミや猛獣たちは、「天の怒り」に直面して「みんなの治癒」を得るために「ロバを糾弾」する。別の記録としては、古代ローマの軍隊でおこなわれた十分の一刑が思い浮かぶ。それは、反乱が生じた場合に、有罪の兵士の中からくじで選ばれた一〇人にひとりが処刑されるというものだ。一〇人の軍団兵士がそれぞれ壺から紙を一枚取り出す。運悪くはずれを引いた兵士は、他の九人によって処刑される…。つまりスケープゴートは、人間社会を安定させ、和解させ、統合する役割をもっているのである。人類学者で哲学者のルネ・ジラールによれば、メンバーのひとりを排除することでまとまりを維持し、「模倣的対立関係」によって生じる怨恨を取り除くことができるという。犠牲のカタルシス効果によって、自分の信念に確信をもつことができる。犠牲者が悪者にされればされるほど、加害者が正当化されるのである。

まさしくそれが、これから語るスケープゴートたちに起きたことだ。彼らの後世をコントロールすることは、戦いとは言わないまでも、けっして終わることのない課題である。われわれの価値観の底辺に追いやられた彼らは、不道徳の典型、排斥される者、想像上の悪の原型となった。痛ましい名声が築かれるさまは、波乱に富んだその人生と同じくらい興味深いものだ。実のところそれは、われわれの善、真実、正義のヴィジョンについても、またわれわれがなぜか邪悪な人物に魅了されるということについても、詳細に物語っている。

本書は、一二人の呪われた人物たちの黒い伝説の解体へと読者をいざなうが、だからといって彼らを神聖化しようとするものではない。黒い伝説から黄金の伝説までの間には、越えるべきではない溝がある。行きすぎた賛辞は、誹謗文書と同じくらい信用できない。だから、単純に伝統を打破するだけの修正主義や、創設神話を踏みつけにして楽しむような現代的傾向には用心しよう。慎重でなければならない。新たな証拠が出てくる可能性がほとんどないとすれば、何世紀も前の未解決事件を解決したと誰が主張できるだろう。メディアで報道された先週のできごとの深遠な本質を理解することさえ、すでに困難なこともあるのだ。最後に、われわれ自身の社会道徳を遠い過去に投影するような、心理主義的アプローチにも注意しよう。

おそらく初めから負け戦と決まっている戦いだということを意識して、ある種の先入観をなくす試みを謙虚におこなっていきたい。なぜならスケープゴートは、必要悪と思われるからだ。

1

ネロ

――放火狂の暴君か、誇大妄想の芸術家か

「例外だと信じられている怪物は、普遍的原則なのだ。歴史の真実を見きわめよ、ネロは複数形だ」

ヴィクトル・ユゴー、『諸世紀の伝説』

竪琴を手にしたネロが、炎に焼き尽くされるローマを見つめている。その紋切り型のイメージはたしかに美しいが、真実というには少しできすぎている。ユリウス＝クラウディウス朝最後の皇帝は、怒り狂った世界の支配者であり滑稽な道化師、という陰気なイメージを後世に残した。彼はローマの元老院議員の嫌われ者であり、初期のキリスト教徒の敵であり、哲学者にとっては度を超した言動の権化だ。常軌を逸していて破壊的で悪魔のようなネロは、帝政ローマのあらゆる行きすぎを体現している。香りの強い湯気がたちこめ、壁には絹が張られた大理石の壮大な宮殿で悪事をたくらみ、そうでないときけ、貧民街でろくでもない連中とかかわりをもった。彼の道徳的な醜悪さは、だらしなさ、梳かされていない髪、染みだらけで悪臭をはなつ体などに現れていた。ネロは早くも生前に「民衆の敵」とみなされていた。まさに事実である彼の破廉恥な言動に対しては、時代とともに非難が何層にも積み重ねられてきた。悪徳という金ぴかの刺繍が、皇帝の赤紫の衣を覆うまでになった。しかし、その衣服を脱がせたとき、ネロには何が残るだろう。

途方もない一族

ネロの家系をたどると、紀元一世紀初めのローマのあらゆる著名人に行きあたる。彼は父親を通じてマルクス・アントニウスの子孫であり、母親を通じてアウグストゥス帝の子孫である。というのも、彼の母親はあの魅力的な小アグリッピナだからだ。ティベリウス帝の姪の娘であり、人気の高い将軍ゲルマニクスの娘であるこの美しい女性は、高慢で野心にとりつかれていた。ローマの威光につらなる血統を誇りとする、ローマ貴族の典型である。アグリッピナは、自分の血統に最高の運命をもたらすために挑発し、魅惑し、陰謀を企て、中傷し、何事にもたじろがない。ティベリウス帝の選択により、アグリッピナは、法務官で将来の執政官であるグナエウス・ドミティウス・アヘノバルブスと結婚する。この男は、ドミティウス氏族に属し、暴力的な素行と放蕩趣味で知られていた。この最初の夫との結婚でアグリッピナは唯一の子をもうける。その子は当初、父方の家系の伝統にのっとってルキウスと呼ばれた。

将来のネロは、紀元三七年一二月一五日、海に面した都市アンティウム［現在のアンツィオ］で生まれた。古代の著作家たちの言葉を信じるなら、暗い星回りのもとだったという。これほど不吉な運命をたどるのは、さまざまな星がかかわっているにちがいないからだ。同時代の人たちは、彼のホロスコープから「恐ろしい予言」を引き出した。彼の父親であるドミティウスは友人たちに、「アグリッピナと自分からは、国家にとって忌むべき有害なものしか生み出せなかった」と告げている。あなたの息子は統治者となるが、母親を殺すだろうと予言したカルデアの占星術師に、アグリッピナはこう言い返した。「彼が統治者となるのなら、私を殺すがよい」。すさまじくもあり気高くもあるこの言葉が、悲劇的な結末を物語っている。眼は墓の中までお見通しだ［ユゴー『諸世紀の伝説』の「良心」という詩に、《眼は墓の中にあり、カインを見ていた》とある］。

ネロが誕生した年は、アグリッピナの実兄カリグラが皇帝として即位した年でもあった。古典の著作家たちは、彼の三人の妹であるドルシッラ、リウィッラ、アグリッピナとの近親相姦関係という考えを広めた。三九年、リウィッラとアグリッピナは兄に対する陰謀に加わったとして告発され、ティレニア海のポンツィアーネ諸島に追放された。アグリッピナの夫がその翌年に亡くなり、彼女はますます孤独に陥った。しかし追放は短期間に終わる。四一年一月二四日、カリグラは元老院の同意を得た親衛隊兵士によって殺害された。謀反人たちのカリグラへの憎悪は、カリグラの肉を食べた者もいたといわれるほど根深いものだった。甥のネロが即位する一五年前に、カリグラは常軌を逸した残酷で不道徳な暴君という記憶を残していた。

　より穏健なクラウディウスがプリンケプス（元首）に選ばれた。彼はすぐに自分の姪にあたるリウィッラとアグリッピナの追放をとりやめさせた。クラウディウスは影の薄い皇帝、おめでたい寝取られ男、小心者として語られている。好色で知られる皇妃メッサリーナの不品行がこの情けない評判の大きな要因となっているが、今日ではそれが誇張であることが明らかになっている。夫に対する陰謀の疑いをかけられたメッサリーナは、四八年に処刑された。クラウディウスは在位七年目で再婚することになる。この奇妙な家系の関係は常に曖昧だったので、彼は姪のアグリッピナと結婚する。莫大な富を持ち、権威を受け継いだ若い未亡人であるアグリッピナは、軍人貴族階級に支持されていた。

　アグリッピナは、すでに華やかすぎるその系統樹に、もうひとり皇帝をくわえることになる。そしてまだ終わりではなかった。最初の結婚で生まれたルキウスが、ネロ・クラウディウス・カエサル・ドルススという名でクラウディウスの養子となったのである。ただしクラウディウスにはすでに、ブリタンニクスとオクタウィアを含む子どもたちがいた。つまりそれ以後ネロと呼ばれる人物は、継承順位の第一位ではなかった。しかしアグリッピナには揺るがぬ決意があった。彼女は雌オオカミのように息子を見守り、政治のかけひきの場へと駒を進める。ネロの教育を高名な家庭教師セネカに託すという配慮もした。ストア学派の哲学者であるセネカは、メッサリーナの陰謀の犠牲となって数年間追放されていたが、ローマへの復帰を果たした。セネカと敵対する者たちは、彼がネロの生物学的な父親だと主張した。優れた雄弁家で元老院からも一目置かれていたセネカは、若きプリンスに先祖伝来の美徳、修辞学の規範、善政の原則を教えて統治に備えさせた。この模範的な家庭教師も、ネロが夜陰にまぎれてひそかにいかがわしい界隈にくりだし、無分別なふるまいをする妨げとはならなかった。ネロは都市の住民を殴りつけて楽しんでいたといわれている。

アウグスタ、つまり皇后という名誉称号を与えられたアグリッピナは、ローマで最も権力のある女性だった。しかし女性であるがために、最高権力に到達することはできなかった。彼女はすべての希望を、五一年に一四歳になる息子に託した。ネロは規定の年齢に達する前に、純白の正装用上着である「トガ・ウィリリス」を身につける。それは古代ローマで若い男性が成年に達したことを示す通過儀礼であった。そのときからネロは統治の資格をもつことになり、一方彼の義弟であるブリタンニクスはまだ一〇歳の子どもだった。近いうちにクラウディウスが運悪く他界することになるとしたら、その違いはきわめて大きい……。アグリッピナは、一足飛びにことを進めようとする。ネロをクラウディウスの娘オクタウィア、つまりネロの異母妹と婚約させて、息子をさらに皇位に近づけたのだ。すべてが家族のなかでおこなわれていた。

キノコと月桂樹

五四年一〇月一三日から一四日にかけての夜、クラウディウスが酒宴のあと亡くなった。彼の好物であるポルチーニ茸の料理に毒が盛られていたといわれている。とはいえさまざまな通説の内容は一致しておらず、この仮説はもっともらしくはあるが、慎重に受け止める必要がある。長年にわたる酒宴と権力の行使で衰弱したクラウディウスは、人生の終わりが近いと感じ、念のために遺言書を作成していた。そこには、ブリタンニクスがトガ・ウィリリスを身につけて成人し、そして皇帝の赤紫のトガを着るところを見たいという願望がしるされていた。だが時すでに遅しであった。彼は、「わが妻たちはみな不品行で、罰を受けなかったものはひとりもいない」と嘆いたといわれる。雌オオカミを羊小屋に入れたことを後悔していたのだろうか。犯罪があったとしたら、その犯罪から利益を得るのはまさに野心家のアグリッピナだ。ネロは親衛隊から歓呼の声で迎えられ、月桂冠を頭にかぶった。夫殺しのブラック・ウィドウは最終目標を達成したのである。彼女はまだ若い息子の非公式の摂政として、最高権力を握った。息子と並んで輿に乗って移動するのを好み、そのため近親相姦の噂が立つこととなる。ネロとアグリッピナが向かい合っている肖像が彫られた硬貨も鋳造された。皇太后はまさに帝国の新たな局面の中枢にいた。

まだ問題が残っている、ブリタンニクスだ。正統な後継者が成長して、いつか自分の当然の権利を要求し、不満分子を結集させるかもしれない。だが心配はいらない。当時のローマでは食中毒がよく起こっていた。ネロは、伝説の女毒殺者ロクスタの力を借りていたとされ、クラウディウス帝の命を奪ったキノコ料理でも彼女が一役買っていたといわれている。今度は熱い飲物、おそらくはハーブティーが、邪魔者である義弟に提供されたのだろう。奴隷による事前の毒味はおこなわれていた。熱湯でやけどしたネコは水まで恐れる、という言葉がある。タキトゥスによれば、熱い飲物に足すようネロが勧めた冷たい水に、まさに致死量の毒が含まれていた。若いプリンスは即死したといわれている。しかし、当時知られていた毒は比較的遅効性であり、さらに少量の水で薄められていたことを考えると、この話は誇張されているように思われる。演出効果を上げるために事実をことさら詳細に語る（それは信憑性のあかしではない）古代作家の見えすいた話にも注意しなければばならない。ブリタンニクスは父の死からわずか四か月後に亡くなった。てんかんをわずらっていたこの若者はたしかに虚弱だったが、この突然死がさらなる偶然だったとすれば、それがアグリッピナの息子にとってはきわめて好都合だったということはいえるだろう。

「腹を刺すがよい！」

ネロの治世の最初の五年間が輝かしいものだったことは、古代の敵対的な著作家たちも、最近の歴史家たちも認めている。この五年間には、適切な税制改革を行い、制度の安定を保ち、アルメニアでのパルティア人との紛争はあったものの比較的平和に国境を維持していた。「ネロ帝の在位五年」を祝うために発行された硬貨が示すように、彼の健全な統治は高く評価されていたように思われる。セネカや親衛隊長セクストゥス・アフラニウス・ブッルスに支えられたネロは、平民を満足させつつ貴族の自尊心への配慮も怠らなかった。ひじょうに人気が高く、身分の低い人々に語りかけ、大衆を喜ばせるすべを知っていた。戦車競走に熱中し、大競技場のレースに御者の服装で参加して、みずから手綱を握ることもいとわなかった。剣闘士《グラディエーター》の戦いを見物し、お気に入りの奴隷スピクルスを支援して多額の報償を与えた。すべてが彼にとって順調に運んでいるように思われたが、アグリッピナとの関係は悪化していく。若い皇帝は、かつて「最高の母親」と呼んでいたアグリッピナの重苦しい監視に耐えられなくなった。苦労を重ねてきた雌オオカミは、巣穴にもどるつもりはない。アグリッピナはさまざまな代表団を迎え入れ、公式の手紙を書き、あらゆる国事に口出しした。

五八年、ネロは二〇歳の春を迎えた。彼の人生にポッパエアが出現したことで事態が悪化し初める。ポッパエアは、カンパニア地方ポンペイの裕福な家庭で育った財務官の娘で、ネロの放蕩仲間でのちに在位期間の短い皇帝となるオトの妻である。タキトゥスは、「彼女は道徳観念以外はすべて備えていた」と述べている。なぜなら、「自分の夫と愛人たちの区別をまったくしなかった」からだ。別の伝記作者カッシウス・ディオは、ポッパエアが出産したばかりのロバ五〇〇頭の乳に毎日浸かることで他を圧する美しさを保っていたと述べている。ネロはたちまち彼女の魅力にとりつかれてしまった。彼女が折よくオトと離婚していたのでなおさらだった。しかしアグリッピナは危険を感じた。おそらくこの臆面もない陰謀家に自分の姿を重ね合わせたのだろう。ネロがポッパエアと結婚するにはまずオクタウィアと離婚しなければならないということもあり、アグリッピナは、ポッパエアとの結婚に反対する。ネロは母親に背いて、新しい愛人の側に立つ。家族間の対立は内戦に発展する可能性があった。今は亡きゲルマニクスの娘アグリッピナには、軍隊内に多くの支持者がいたからだ。

ポッパエアからの圧力を受けて、ネロは少なくとも独創的な計画に従って母親を排除することにした。ありきたりな毒殺は問題外だった。ミセヌムにある皇帝の別荘からアグリッピナが乗る船の船室の屋根に、鉛を積んだのである。屋根を崩壊させ、乗客もろとも船を沈める作戦だった。ナポリ湾を円形劇場に見立てたこの遭難スペクタクルから、ネロの演出センスがうかがえる。とはいえ陰謀を海洋事故に見せかけるというアイデアはそれほど奇抜なものではない。タキトゥスが書いているように、「海ほど危険に満ちたものはない」からだ。だが事態は思惑通りには運ばなかった。悲劇は茶番劇となる。泳ぎの得意なアグリッピナは海岸にたどり着き、自分の別荘にもどったのだ。ネロは急いで行動する必要があった。今度は奇想天外な計略などではなかった。最も確実なのは剣だ。ネロは真夜中に兵士たちを送り込んで汚れ仕事を実行させる。アグリッピナは、百人組隊長が剣を抜くのを見て高貴なローマ女性にふさわしい言葉を発したという。「腹を刺すがよい！」。怪物を産んだ自分の腹を罰したいと思ったのだろうか。予言は成就した。ネロは母親の裸の遺体を見て、「自分にこれほど美しい母がいたとは知らなかった」と言ったとされる。誰の目にも明らかな母親殺しが、ネロに幸運をもたらすことはなかった。不吉な予兆のように、ネロは、母親の亡霊が追いかけてきて「復讐の女神フリアエの鞭と火のついたたいまつで」自分を脅す悪夢を見る。

ああ時代よ、ああ習俗よ！

当初は期待をもたせる統治を行っていたネロだったが、しだいに国政よりも自分の酔狂な趣味にうつつを抜かすようになっていく。彼は、音楽、スポーツ、競馬を結合させた五年に一度のネロ祭を開催する。セネカの甥である詩人ルカヌスは、皇帝を賛美する詩で栄冠を勝ちとった。ネロはこうした表彰をおこなっただけでなく、さまざまな芸術、とくに歌と竪琴に傾倒し、暇をみては練習に励んでいた。声を美しくするとされるポロネギを大量に食べたりもした。まだ公の舞台に立つことはせず、邸内で演奏したり歌ったりしていたが、おそらくそれはセネカの節制の規範に反しないようにだろう。アグリッピナ殺害に目をつぶったセネカは、日ごとにエキセントリックな性格をあらわにしていく皇帝と距離を置くようになる。

母親と家庭教師の影響力から解放されたネロだったが、まだ愛人と結婚することはかなわなかった。正式の妻であり異母妹であるオクタウィアがいたからだ。当初からのもうひとりの助言者であるブッルスも、敬虔さでローマの人々にたたえられたクラウディウス帝の娘との離縁に反対していた。オクタウィアは不妊を理由に追放されたが、民衆の圧力によって呼びもどされた。それは反乱につながりかねない事件だった。六二年にブッルスが死去する。これは幸運な偶然か、それとも毒殺なのか。歴史的な決着はついていない。ブッルスに代わってティゲッリヌスが親衛隊長の職に就き、皇帝の筆頭顧問となった。このうえなく野蛮なティゲッリヌスは、皇妃の使用人たちを拷問して不義の関係や堕胎を認めさせた。最も忠実な小間使いピュティアスは、死刑執行人の顔につばを吐き、「オクタウィア様の陰門はティゲッリヌスの口よりも清廉潔癖です」と叫んだという。明らかに不当であるにもかかわらず、皇妃は離縁され、パンダテリアという小島［現在のヴェントテーネ島］に追放の身となった。それで終わりではなく、不運の皇妃は、ネロの命令で手首の血管を切って自殺するよう強いられる。蒸し風呂に連れていかれ、その死が早められた。彼女の頭部は切り落とされ、籠に入れてポッパエアのもとに運ばれた。ライバルを排除したポッパエアは歓喜した。皇帝ネロはすぐにポッパエアと結婚し、形だけでも喪に服して体裁をとりつくろうということさえしなかった。

その期間もネロは発声練習を続けていた。六四年には、ナポリで初めて公衆の面前で、古代ギリシアの弦楽器キタラの弾き語りをしている。彼のリサイタルは平民たちから喝采されたが、貴族たちはローマの第一人者たる皇帝が民衆のおどけ者になりさがったというイメージを好まなかった。この新たな常識はずれの言動は、アグリッピナの死とセネカの追放以来、皇帝とローマのエリート層を隔てていた溝をさらに広げることになる。しかしネロはそんなことにはお構いなしで、舞台で熱演することをなにより好んだ。アウグスティアーニーと呼ばれる五〇〇〇人の特別集団がさくらの役目を果たし、観客全員があらかじめ決められた熱烈な喝采に参加するよう気を配っていた。観客はそこから逃れることはできず、このいつ果てるともしれない上演会が終わるまで、外に出ることを禁じられた。なにかにつけて冗談を飛ばすスエトニウスは、妊婦が上演中に出産するはめになったと述べている。のちの皇帝ウェスパシアヌスが若いころ、「ネロが歌っているあいだに眠ってしまった」という不遜な態度により叱責されたことも伝えている。詩人ルカヌスは、ネロ帝が彼の美しい詩に嫉妬したため、失脚することになる。このように滑稽なほどのナルシシストの傾向とは別に、芸術や技術に対する情熱はまじめなものだった。ネロはひとりで水オルガン《ヒュドラウリス》を分解することができた。彼の統治下で、文学、建築、絵画が花開いた。

火災と流血

六四年には、彼の悪評に大きな影響をもたらす、ローマの大火という大惨事があった。ローマはそれまでにも何度か火災に見舞われていたが、この大火はとくに人々の心に焼きついている。七月一八日、満月の夜に、大競技場に隣接する商店通りから火の手が上がった。住民たちが必死に鎮火させようとしたが、火災はローマ市のほとんど全体に燃え広がった。六日と七晩のあいだ、ローマは炎に包まれていた。その結果は悲惨なものだった。首都の三分の二が焼け尽くされ、住居、公共施設、宗教施設、記念建造物が破壊された。犠牲者の数は不明だが、当時のローマが西洋世界で最も人口の多い大都市で、およそ一〇〇万人の住民がいたことを考えれば、たいへんな数だったことは間違いない。まだ焼け跡から煙が立ち上っているうちから、疲弊した住民たちは犯人探しを始めた。皇帝が自分で火をつけたのか？　後世の人は、たとえ矛盾があっても、古代のさまざまな書物を根拠にしてネロを断罪した。六歳のときにこのできごとを体験した唯一の著作家であるタキトゥスは、さまざまな噂を慎重に伝えている。彼はこの火災が偶然の産物なのか、それとも皇帝が命じたものなのか自問するが、結論にはいたっていない。火災はいったん鎮火したあと、親衛隊長ティゲッリヌスの側近のひとりの所有地で、また新たに火の手が上がったようだと彼は書いている。スエトニウスはこうしたほのめかしを取りあげて誇張し、あからさまに皇帝を非難した。放火の動機は？　自分の思い通りに新たな首都、ネロポリスを建設したかったからだ。

　ネロは放火犯なのだろうか？　これほど不確かなことはない。火災の原因はおそらく偶発的なものだった。七つの丘がある迷路のような都市に木造住宅が密集していて、しかも焼けつくような熱い夏だったのだから、そう考えるのが合理的だ。火災が発生したとき、ネロは不在だった。故郷のアンティウムで涼をとっていたのである。知らせを聞いてローマに駆けつけたという。だがそれほど急いで駆けつけたわけではなく、ただ自分の家族の邸宅が焼けてしまったからにすぎない、と中傷家たちは言う。とはいえ彼は食料配給を組織し、家を失った人々の避難所として自分の邸宅を開放したとされる。では、クイリナーレ宮殿で竪琴を弾き、「トロイアの陥落」をうたっていたという不滅のイメージについては、どう考えるべきだろう。おそらくこの伝説には真実があるのかもしれない。皇帝は自分の犯罪であることを示そうとしたのではなく、詩的趣味からこのような感傷的衝動にかられたのだというのはありえることだ。音楽好きであるのはたしかだが、放火狂ではない。人々は犯人を必要としている。皇帝は復讐への要求を満たさなければならない。ネロは、噂になっていた、ユダヤ教世界から派生した新興宗教に責任をかぶせることにした。スエトニウスによれば「忌まわしい行為によって嫌悪され、下層民からキリスト教徒と呼ばれていた人々」であり、彼は「このおぞましい盲信」に対して歯にきぬを着せずに書きつづっている。ローマ人から軽蔑されていた一部のキリスト教徒たちは、たしかに異教の首都、新たなバビロンが黙示録的な炎によって罰せられるのを見て喜んだかもしれない。卑劣なティゲッリヌスによって推し進められた弾圧は情け容赦のないものだった。スエトニウスはこのように述べている。

彼らを拷問することが気晴らしとなっていた。獣の毛皮をかぶせられて犬に食い殺された者もいた。十字架に掛けられて死んだ者、あるいは可燃物を塗られ、日が暮れるとたいまつ代わりに燃やされた者もいた。

しかしは次のことを明確にするのが有益だと考える。

これらの人々は罪があり、最後の厳しい裁きを受けるのは当然のことであったが、彼らが殺されたのは公共の利益のためではなく、ひとりの人間の残忍さのためだと考えると、同情の念が芽生えた。

実際、人間のたいまつという恐ろしい光景にもかかわらず、ネロに疑いの目を向けたままの者たちもいる。住民たちがまだ傷の手当てをしているときに、おそらく時期尚早に示された都市再建への野心は、打ち消しがたい疑念を抱かせる。結果を原因ととらえるべきではないが、皇帝が時間をおかずに新宮殿の建設に着手したのは事実である。六五年にはドムス・アウレア（黄金宮殿）の建設が始まった。この豪華でスケールの大きな建造物は、壮大さへのネロの狂気じみた情熱を示していた。市内の約八〇ヘクタールの土地が個人の所有となった。高さ約三五メートルのネロの巨大な彫像が玄関ホールにそびえ立っていた。スエトニウスによれば、「全体が金箔で覆われ、宝石や真珠母で飾られていた」という。当時としては驚くべき建築的、技術的偉業である「回転食堂」は、高さ二〇メートルの塔の最上部にある部屋で、回転するフロアの上に設置されていたので、会食者たちは昼でも夜でも首都全体をくまなく見渡すことができた。宮殿の落成式でネロは、「やっと人間らしい生活ができる」と叫んだという。悲惨な災害の爪痕がまだ残る都市にしてみれば不快を感じさせる冗句だ。とはいえ、この派手な贅沢に目を奪われて、ネロがローマのすべての人々に都市再開発計画の恩恵をもたらしたことを忘れてはならない。再開発によって、石造りの住居、より広い幹線道路、数多くの給水所が建設されたおかげで、快適さと安全性が大幅に改善されたのである。ネロの後継者たちに見捨てられたドムス・アウレアは、一〇〇〇年以上にわたって忘れ去られ、都市空間の再開発によって盛り土の下に埋もれてしまった。

一五世紀の終わりに、ある市民が散歩中に穴に落ちたことで、偶然それを再発見することとなる。整然と並ぶ風変わりなアラベスク模様で構成された装飾画は、ルネリンスの芸術家たちにインスピレーションを与え、ローマの別荘で最新の装飾としてとりいれられた。このスタイルはグロテスク様式と呼ばれることになるが、これはネロの宮殿の居間となっていた「地下洞窟《グロッタ》」に由来する。

最後の一周

ネロは大火のあと、四年間しか生きられなかった。すでに母親殺しの罪を犯し、父親殺しと弟殺しの疑いも濃厚だったネロは、おぞましい妻殺しによってみずからを有罪としたようだ。六五年にポッパエアがふたたび身ごもる。ある晩、皇帝は妻の腹にいきなり致命的な蹴りを食らわせたという。戦車競走からの帰りが遅かったことをとがめられて激怒したというのだ。タキトゥスとスエトニウスはここでも茶化すような書き方をしている。今日では、このたわごとを信じている歴史家はほとんどいない。おそらくポッパエアは、妊娠の合併症で死亡したのだろう。まだ跡継ぎのいなかったネロは、愛する妻の死を深く悲しみ、盛大な葬儀を執りおこなっている。ふたたび独り身となったネロは、ブリタンニクスとオクタウィアの異母妹であるアントニアとの結婚を望むが、彼女はそれを拒んだ。ネロは彼女を反逆の罪で処刑している。

同じ年、ネロに対する陰謀が企てられる。元老院議員、軍人、ネロの側近たちが結集した、ピソの陰謀として知られる陰謀である。陰謀が発覚し、陰謀の加担者たちを取り調べるなかで、政治から退いていたセネカの名が挙げられた。ネロに自殺を命じられたセネカは、みずからの原則を守り、毅然として手首の血管を切り自殺する。セネカの甥であるルカヌスも同じ運命をたどる。彼は、ひとりの兵士が自分の血がゆっくりと流れ出るのを見ているという自作の詩を朗唱しながら威厳をもって死を迎えた。息を引き取りながら最後のパフォーマンスをする芸術家の驚くべき劇中劇である。ネロの功績を最初に称賛した者たちはこうして命を落とすことになった。かつてネロを「世界を照らす輝かしい太陽」と称賛した人々である。斬首された者たちもいた。未然につぶされたこの陰謀は、不満分子が数を増して、ますます気まぐれで恐怖をあたえるまでになっている皇帝を排除する準備が始まったことを示していた。

その翌年、ネロはギリシア旅行に出発する。「ギリシア人だけが聴くすべを知っているので、私に似つかわしい」と彼はいう。人の真価は近い者にはなかなか認めてもらえないものだ。皇帝はオリュンピア祭、ピューティア大祭、ネメア祭、イストミア大祭に参加して注目の的になっている。いずれの競技でも彼が勝利をおさめたことは言うまでもない。この旅は、悲劇的な最期に先立つ最後の滑稽な言動に思われるため、さまざまに取り沙汰されている。記録はあまり残っていないが、これは治世の重要なできごとのひとつであった。ネロは旅行期間中にアカエア属州の解放を宣言し、金のシャベルを持ってコリントス運河の開削式を執りおこなった。この工事は中断されたが、一八世紀後にプロジェクトが再開され、一八九三年に完成した。そのルートは古代ローマの技術者たちが描いた通りであったが、このことは、ネロが狂人などではなかったことの証明である。

皇帝は意気揚々とローマに帰還するが、権力の場に冷ややかな雰囲気が漂っていることに気づく。さまざまな怨恨は抑えがたいものとなっていた。ネロが不在でも、元老院の派閥は弱体化することはなかった。ネロは火に油を注ぐことになる。勇敢で人気の高い将軍コルブロは、ピソの陰謀への関与を疑われ、ネロの命令により自殺した。それはやりすぎだった。クーデターの必要性が、帝国のいたるところで感じられていた。最初に声をあげたガリア・ルグドゥネンシス属州総督ウィンデクスは、六八年初頭に反乱を起こし、近隣の属州にも反乱を呼びかけた。ヒスパニア・タラコネンシス属州総督ガルバが呼びかけに応じ、ローマの勇猛心を代表して反乱の先頭に立った。事態の深刻さに気づいていなかったネロは、反乱を制圧する手段をまだ持っていたにもかかわらず、なかなか手を打たなかった。元老院が先手を打って、ガルバを皇帝と認め、ネロを公共の敵と宣言した。ネロは狂ったようになり、裸足のまま粗野なチュニックを身にまとってローマから立ち去った。

「公共の敵」に対しては凝った刑罰が用意されていた。罪人は闘技場に連行され、衣服を剥ぎとられ、首かせに頭をはさんだまま地面にすえつけられ、死ぬまで鞭で打たれるのだ。ネロはそのような苦しみに耐えるよりも、みずから命を絶つことを選ぶ。恐怖にかられた彼は、遠くから騎兵たちが近づいてくる音を耳にして、自分をつかまえに来たのだと確信する。文芸をこよなく愛した廃皇帝は、蹄の音を聞いて、『イーリアス』の詩の一行(「速駆けの馬の蹄の音が、私の耳にひびいてくる」)を思い浮かべずにはいられなかったかもしれない。古代の著作家たちは最後の侮辱として、ネロはひとりでは自殺できず、喉に剣を刺すのを補佐官に手伝ってもらったのだとまで言いつのっている。一四年間の治世ののち、六八年六月九日に三〇歳で息をひきとる前に、彼は「なんと偉大な芸術家が、私とともに滅びることか！」と嘆いたという。こうして、栄光あるユリウス＝クラウディウス朝は途絶えた。

キリスト教徒という嫌悪の対象

ネロは嫌われているというより、あまり知られていない皇帝である。彼の人生の大半は、タキトゥス、スエトニウス、カッシウス・ディオという三人の敵対的な著作家たちが書いたものを通してしか知られていない。ほとんどネロよりあとの時代に生きた人物であり、事実を伝えることより楽しませることに心をくだいた。タキトゥスとカッシウス・ディオは、政治的には元老院によって代表される貴族階級に属していた。ネロはカリグラと同じように元老院議員たちといさかいを起こしていた。元老院議員たちはネロを、平民たちの人気を集めて独裁的なやり方を押しつけようとしている危険な扇動者とみなしていた。しかしポンペイで発掘された落書きは、実際にネロは人気があったことを示しているように思われる。元老院は後世までの断罪への第一歩として、ダムナティオ・メモリアエ（記憶の破壊）を課した。だからといって低い家柄の出であるスエトニウスが信用できないということはない。それどころか、悲喜こもごものあらゆる手立てを使い尽くす可能性があるとしても、波乱に富んだ文学的な物語を届けようとしていた。ある程度は譲歩するとしても、彼らに偏見があることは明らかだ。しかも、こうした著作家たちから伝えられてきた書籍は、まずは非聖職者たちによって書き写され、その後キリスト教が出現すると修道者たちによって書き写されたのである。時代を経るにつれて、オリジナル版のいくつかの部分が黒く塗りつぶされたのではないだろうか。

というのも、古代の著作家たちのあと、キリスト教徒たちがネロの黒い伝説を大いに吹聴してきたからだ。教会は、初期の信者たちを虐待した人物とのあいだに対立をかかえているといわざるを得ない。六四年の大火のあとのキリスト教徒の大量虐殺を、誰も忘れてはいない。感情がニュアンスを消してしまう傾向がここにも現れている。タキトゥスは、弾圧によってどれだけのキリスト教徒が命を落としたのかについて、「おびただしい数」とだけ伝えている。いささか短い。正確な数字によって残虐性や刑罰の不当性が損なわれることはないが、災害の規模、平民の怒り、寛容さよりも力が価値観として尊重されていた古代ローマの習俗を考慮すると、弾圧が度を超すほどのものではなかったという考えが強調されることになるかもしれない。ネロは大悪魔のイメージとはほど遠く、二〇年ほど前からローマに根をおろしてきたキリスト教のコミュニティをとくに攻撃してはいなかった。ローマでは局地的な迫害はあったが、それは厳密には宗教問題というより公共の秩序にかかわる理由によるものであり、彼の治世下で反キリスト教法が公布されることはなかったのである。ドミティアヌス帝からディオクレティアヌス帝にまでおよぶ最悪の事態は、これから訪れる。しかしキリスト教徒の著作家テルトゥリアヌスは、前例を作ってしまったネロを許すことはない。

対立を超えて、四世紀にキリスト教が国教となったとき、ローマとキリスト教の信仰に折り合いをつけようとする教会に、政治的・歴史的な課題も生じた。過去を顧みて、ネロを常軌を逸した恐るべき皇帝、悪魔の手先、不本意にも救世主到来を成就させる役目を果たしたポンテオ・ピラトのように、自分を超越した意図に翻弄される者に仕立て上げる必要があった。ローマ教会の草創期のエピソードのいくつかが生じたのは、ネロの治世下だったからだ。タルソスのパウロ、のちの聖パウロが、親衛隊長ブッルスから尋問されている。だが何よりも、キリストの使徒でありローマの初代司教である聖ペテロは、ヴァチカンの丘の上で逆さ磔にされた。彼の墓とみなされる場所に今、キリスト教の中心地であるサン・ピエトロ大聖堂が建っている。ネロは意に反して、いつの日にか世界の主要な宗教として成功をおさめることになる、小さなコミュニティを正当化することに貢献したのだ。災いから良い結果がもたらされることもあるということだ。

殉教者たちに加えて、長いあいだキリスト教世界を揺るがした終末論的熱狂もかかわっていた。当時、ネロは聖書で予言されているキリストの敵のように思われたのかもしれない。イエスの死と復活から数十年後にキリストの敵が現れると考えられていたからだ。悪徳に満ちているとされた異教世界の支配者として、ネロはうってつけの候補だった。しかも、ユダヤ教神秘主義による数秘術で彼の名前の文字を数値化すると、その和が六六六になる。つまりネロは、彼についての記憶がまだ鮮明だった一世紀末に書かれた「ヨハネの黙示録」で言及されている「獣」かもしれないというのだが、実のところ、「獣」はローマ帝国全体を指し示している可能性が高い。彼の死から一〇〇〇年以上たっても、彼の亡霊はまだ永遠の都に出没している。伝説によれば、彼の一族の霊廟の隣にあるクルミの木には、ネロに忠実な死者の霊魂とみなされる恐ろしいカラスの大群が集まっていたという。ローマ教皇パスカリス二世は、災厄を払いのけるためにこの木を切り倒し、霊廟を取り壊して、その跡地にサンタ・マリア・デル・ポポロ教会を建てた。中世にはネロの悪魔のようなイメージが広がるいっぽうだった。彼の名を「Noiron」とつづる書記法は、黒

(noir)を連想させることをねらったものだ。一三世紀にジェノヴァ大司教ヤコブス・デ・ヴォラギネによって書かれた『黄金伝説』は、妊娠を体験したいというネロの願望を満たすために、医師が彼にカエルを飲み込ませたという奇談を伝えている。

栄華と退廃

ルネサンス以降、宗教的理由にさらに哲学的理由が加わった。ほとんどの思想家から批判されるネロは、啓蒙的な政治体制のアンチモデルとなった。彼は帝国の衰退と終焉をもたらす退廃をすでに予感させていた。モンテスキューは『法の精神』のなかで、彼をローマ帝国の最悪の皇帝のなかに加えている。政治における道徳をあまり重視しないマキャヴェッリでさえ、彼を「冠を頂いた極悪人」のひとりとしている。ラシーヌの悲劇『ブリタニキュス』では、より情熱的だが高圧的でもあるという側面から、皇帝の怪物的な性質を探究している。一九世紀には、大時代な作風の画家や、ロマン派の作家が思い思いの表現をしており、たとえばラマルティーヌは、ネロを「ローマのハイエナ」呼ばわりしていた。

歴史家が批判的な見方をするようになったのは、一九世紀末になってからのことである。最初の学術的な伝記は、一八七二年に出版されたハインリヒ・シラーによるものだ。翌年にはエルネスト・ルナンが、ネロがキリストの敵であるにもかかわらず美化された形で登場する作品、『反・キリスト―黙示録の時代』〔忽那錦吾訳。人文書院。二〇〇六年〕を発表する。ニーチェも意識が清明だった最後の年、一八八八年に『反キリスト者』を書いた。ニーチェはネロを終末論の人物と同一視してはいないが、最初のキリスト教迫害者がその「ディオニソス的（激情的）」側面、美的な権力観、冷酷な性格によって、彼のめがねにかなったと考えることは不可能ではない。ニーチェは、精神病院で生涯を終える前に、「弱者と敗残者は滅びるのだ！」と書いている…。

一九世紀の終わりになると作家たちはまさに退廃主義に傾倒し、詩人皇帝をより好意的に見るようになった。テオフィル・ゴーティエは『モーパン嬢』で、「私は都市を燃やして祝宴を照らすことを夢見た」と書いている。オスカー・ワイルドは髪をカットしたとき、ルーヴル美術館の胸像で見とれた「ネロの髪型」になったと喜んでいる。映画館は、その影響力によって、すでにきわめて戯画的だったネロの特徴をさらに誇張した。とくに攻撃的で背徳的なお決まりのネロをテクニカラーで描いた、マーヴィン・ルロイ監督のスペクタル史劇「クオ・ヴァディス」（一九五一年）は、人々の記憶に残っている。一九四五年に、アドルフ・ヒトラーによって発せられた「ネロ指令」も思い浮かべずにはいられない。連合国軍に奪われないように、ドイツ国内のインフラを破壊するように命じた指令である。今日においても、ネロは破壊とほとんど同義である。ガーディアン紙の見解では、ドナルド・トランプは、ナルシシスティックな狂気の衝動に駆られて「アメリカ帝国を焼き払おうとしている現代のネロ」である。

「私は芸術家になりたかった」

ネロは美徳の模範ではないどころか、まったく美徳からかけ離れた人物だ。しかし道徳に関しては、メッサリーナやカリグラの時代の例外をなすわけではない。たとえばカリグラは、後世を刺激的にするために「軍隊の破壊、飢餓、ペスト、火事、地震」を願っていたといわれる。ユリウス＝クラウディウス朝のネロ以前の皇帝たちも、ネロと同じかそれ以上の後ろめたい罪をおかしている。ネロは血が流れるのを楽しむことはなかった。闘技場で殺される剣闘士の数を制限するよう提案してさえいる。だがときにはしぶしぶ暴力を用いることもあったようだ。親衛隊長ペダニウス・セクンドゥスが奴隷のひとりに殺害されたとき、おぞましい慣習によって、殺害犯だけでなく、この家の罪のない奴隷全員が死刑を宣告された。その数は四〇〇人にのぼった。処刑命令を渡されたネロは、「署名のしかたなど知らなければよかった」と言ったとされる。殺戮を好む暴君と称されている皇帝にしては意外な言葉だ。

彼にとって有利に働くもうひとつの要素がある。それは誰の目にも明らかな戦争への無関心だ。彼はその治世においていかなる遠征もおこなっておらず、帝国の境界を強化するだけで満足していた。いたって平和だったので、ネロは戦時に開くヤヌス神殿の門を閉じていた。それは珍しいことだった。とはいえ彼は、ブリタンニア属州やユダヤ属州の反乱に直面することになる。皇帝のこのあいまいな平和主義は、剣によって出世を遂げた貴族たちからの信用を失墜させたかもしれない。武力という価値観をあまり重視しないネロは、宗教的儀式にあわせて開催される競技会であるアゴンに興味を傾けた。芸術やスポーツのスペクタクルを、気晴らしというより、平和な帝国の最高の成果だと考えていた。彼の治世は「パンと見世物」という表現をまさに体現するものだった。発言権があるかぎりにおいて、人々はこれに賛成しているように思われた。

いかに罪深くあろうとも、ネロは恐怖よりも哀れみの情を抱かせる。母親の野心によって帝位についたネロにとっては、おそらく皇帝の威圧的な赤紫のトガよりも、ステージ衣装の方が着心地がよかったのだろう。ほんとうに狂っているというより風変わりな皇帝であり、傲慢で衝動的で、度を超した言動に酔いしれると同時に平民と親しく交わったネロは、皇帝の責務と自分の出し物のレパートリーを混同する一種の統合失調症を発症したのかもしれない。

ネロの挑発的な態度は、奇妙な存在である自分に対する、皮肉のこもった、そしておそらくは幻滅した視線をうかがわせる。それゆえに、ネロが死のまぎわに芸術家としての自分の使命を思い浮かべたのは納得できることだ。芸術家としての使命は、皇帝としての運命よりも重要だと思われたのだろう。世界の支配者でありながら人生に挫折する可能性があるということの証明である。

2

アッティラ

――神の災いか、英雄か

「アッティラという名はある程度知られている。しかし誰もがその性格のすべてを知っているわけではない。彼は武闘派というより頭脳派だった。」

コルネイユ、『アッティラ、フン族の王 Attila, roi des Huns』

彼は神の災いである。蛮族の侵略の権化である。彼の馬が通ったところには草も生えない。アッティラは何世代もの学童たちを震えあがらせてきた。馬に乗った戦士が、武器を手に、おぞましい蛮族の集団、吹き荒れる風にあと押しされた草原の悪魔たちの先頭を走って行く。角張った顔、くすんだ黄色い肌、先の尖った濃いあごひげ、憤怒の閃光を宿した小さな目、もじゃもじゃの毛皮の帽子に分厚いマントを身につけたフン族の大王は、いわば古代のダース・ベイダー、黙示録の四騎士に続く第五の騎士であり、何もないところから叫び声を上げて現れ、行く先々でカオスをまき散らす大ハーンとして、学校の教科書に登場する。何よりも、アッティラは世界の様相を変えたのである。彼の信じがたいような壮大な旅は、中国からコンスタンティノープルを経て、パリ盆地にまでおよんだ。一五年足らずのうちに、アラル海からドナウ川まで広がる帝国を築きあげた。彼を人類の敵とみなす人もいるが、時宜を得た解放者として称賛する人もいる。フン族の大王がローマ人のたんなる最悪の悪夢ではなかったとしたらどうだろう?

神々のたそがれ

伝承によれば、アッティラの生誕年は西暦三九五年とされている。この年は、統一ローマ帝国最後の皇帝、テオドシウス一世が死去した年でもあるため、象徴的な年となっている。何世紀にもおよぶ征服と支配を経て、ローマは地中海の周辺一帯に広がる広大な領土の管理に手を焼いていた。一度に多くのことをやろうとすれば、すべてがうまくいかなくなるということだ。それ以降、帝国の鷲は双頭となる。ローマを首都とし、のちにラヴェンナに遷都した西ローマ帝国の皇帝ホノリウス、そしてかつてビュザンティオンと呼ばれていたコンスタンティノープルを首都とする、東ローマ帝国の皇帝テオドシウス二世である。つまりアッティラは、トラヤヌス帝やマルクス・アウレリウス帝の時代の、誇り高く絶大な力をもっていたローマ帝国を相手にしていたわけではない。栄光ある建造物は道徳的危機や財政的危機によってむしばまれ、地下室から天井まで傷んでしまっている。行政は官僚主義と汚職に毒されていた。キリスト教の出現は社会を大きく揺り動かした。凡庸な皇帝たちは象牙の塔に閉じこもり、陰謀好きな宦官たちを頼りにしていた。ローマの雌オオカミ［ローマの建国者ロムルスとレムスを育てたとされる］は、けたたましく吠えたてられていた。ローマ帝国全体の無策に乗じてやってくるヴァンダル族、ゴート族、西ゴート族、東ゴート族など、ありとあらゆる東からの侵略者にたえず脅かされていたのだ。ローマ人たちはこの敵対的な人々を、「蛮族」という蔑称で呼んでひとくくりにした。つまり自分たちの文明とは無縁の者たちということだ。しかし自分たちの国境を守るために、その蛮族たちを金で雇うという危険なかけひきをして、この好ましからざる者たちと折り合いをつけなければならなかった。ローマは味方を近くに置き、敵をもっと近くに置いているのだが、それを見分けることはできずにいた。

そして、多少なりとも信頼できる同盟者のなかにフン族がいた。彼らはどこから来たのか。はるか東方からということ以外、正確にはわからない。満州西部出身のモンゴル人である匈奴の子孫かもしれない。中国人は彼らの侵入を阻止するために万里の長城を築いたといわれている。シベリアからやってきたテュルク・モンゴル系民族とする説もあり、また現在の朝鮮半島を出身地とする説もある。民族学者の論争に終わりは見えない。彼らの起源は遠い昔に消滅し、「起源の地」と「受け入れ地」までの足跡は中央アジアの広大な草原のなかで見えなくなっている。なにしろフン族は遊牧民なのである。旅から旅の生活で、ほとんどの時間を荷車のなかで過ごす人々の痕跡をどうやってたどるのか？　その難しさに加えて、いわゆる白いフン族と、黒いフン族との区別がかなりあいまいだということもある。この呼び方は、フン族として共通の起源をもつ、さまざまな人種的集団があることに関連していると思われる。何よりもまず、白いフン族は牧畜民だが、黒いフン族は戦士である。彼らの道はなんらかの状況で分かれることになったが、その関係が断たれたわけではない。民族大移動が始まった三七五年、白いフン族はカスピ海周辺に定住し、一方、黒いフン族は首長バラミールに率いられてヴォルガ川を渡り、ドナウ川東岸に定住した。アッティラはその二〇年後に黒いフン族のなかで誕生した。

ローマ人たちはこの新参者を恐怖と軽蔑の入りまじった目で見ていた。ローマ人将校アンミアヌス・マルケリヌスが残した最初の記述は、アッティラとその家族についてのイメージをわれわれに焼きつけることになったものとして、引用に値する。

フン族は凶暴さと野蛮さにおいてあらゆる想像を超えている。彼らはひげが生えないようにするために、子どもたちの頬に傷をつける。ずんぐりしていて両腕が太く、頭がとてつもなく大きいので怪物のように見える。そして獣のような生活をしている。食べ物を調理したり、味付けしたりすることはなく、野生の木の根や、鞍の下で熟れさせた肉を食べて生きている。(…)彼らは亜麻のチュニックと、ラットの毛皮を縫い合わせた帽子を身につけている。黒ずんだチュニックは彼らの体を不健康にする。(…)彼らの履物は形も寸法もなく裁断されているので、歩くことができない。そのため彼らは歩兵として戦うのにはまったく不向きだが、ひとたび鞍にまたがればあたかも小さな馬にくぎづけになったかのようだ。醜いが疲れ知らずで、稲妻のように速い。彼らは馬に乗って生涯を過ごす。(…)彼らは馬の首にもたれかかって眠ることもある。戦闘では、恐ろしい叫び声をあげて敵に襲いかかる。

これが最初の例となり、伝説が生まれたのである。

当初、ローマ人はこの粗野なモンゴロイドの戦士たちとどちらかといえば外交的な関係を保っていた。同じく草原地帯から来た遊牧騎馬民族であるアラン人のあとに到着したフン族は、彼らの領土を取りこむとすぐにゴート族、東ゴート族を攻撃し、西へと向かう人々の大規模な移動を引き起こした。パクス・ロマーナ（ローマによる平和）は粉々に砕け散る恐れがあった。既成事実を前にして、ローマ人は好戦的な衝動を、より差し迫った敵へと向ける。そのためフン族は他の蛮族と同様に、傭兵の規則に従い、じっとしていること、すなわちローマ帝国の利益を守るため以外にはドナウ川を渡らないということで報酬を受け取った。多少なりとも協調的なこの合意は、アッティラの青少年期を通して効力をもっていた。

長い頭と弓形に曲がった足

アッティラは、兄弟のオクタル、エバルスス、ルーア（ルアス）とともに黒いフン族の大部分を統治していた四王のひとり、ムンズクの息子である。政治的な統一よりも、遊牧民特有の論理が優先されていた。族長たちのなかには、たとえばウルディンのように、ときには他のフン族に不利益をもたらすことになっても、自分たちの利益のためにローマ人との関係を維持するのは自分たちの自由だと考える者たちもいた。おそらくアッティラは、オーストリア北部の町、現在のリンツで生まれたと思われる。父親は彼が幼いころに亡くなった。そのため伯父ルーアが親代わりとなる。アッティラは短刀や弓矢などの武器の使い方を教えこまれた。フン族の戦士がみなそうであるように、彼も物心ついたころから馬を乗りこなしていた。大人になっても身長が一メートル六〇センチを超えていなかった彼の足は、弓形に曲がっていた。頭は並外れて大きく、ぶかっこうな形をしていた。フン族は父祖伝来の慣習で、生後数年間バンドで頭部を圧迫し、頭を意図的に変形させていたのである。考古学的発掘で極端に長く伸びた頭蓋骨が発掘されたことで、外見についての記述が裏づけられた。その代わりアッティラは、ひげが生えないように顔面に傷をつけるスカリフィケーションを受けなかったようだ。とはいえ彼のひげは薄く、尖った顎をさらに延ばしたようなやぎひげだけが、出っ張った頬骨を目立たせていた。太くて平たい鼻、黒くてくぼんだ目、そして髪はおそらく褐色だが、赤みがかった染料で染めていたのだろう。彼のまなざしは穏やかに澄んだ知性の光を帯びていた。けっして取り乱すことはなく、やむなく暴力をふるうことがあっても、暴力に支配されているようには見えなかった。

アッティラは、蛮族の若いプリンスが受けるのと同じ教育を受けた。初歩のラテン語を習い、のちにはギリシア語を自由自在に話すことができるようになっている。彼とローマ世界の関係においては、ある出会いが決定的なものとなった。少年期を過ぎたころ、彼は若きフラウィウス・アエティウスと知り合う。のちに、「最後のローマ人」として歴史に残る偉大な将軍となる人物である。当時ラヴェンナにあったホノリウス帝の宮廷で育ったアエティウスは、帝国のエリート層に属していた。そのため、名誉ある人質としてフン族のもとに送られた。つまり外交特権の形で保護された客人であり、いわば若き大使である。蛮族の文化を理解して将来の協力関係に生かすために、アエティウスは彼らの文化に順応した。アエティウスは一五歳、アッティラは一〇歳だった。正反対の立場にあるふたりの少年のあいだには、驚くべき友情が芽生えるが、いつの日にか戦場で相まみえることになるとはまだ知らずにいた。

それから三年後、今度はアッティラが人質としてローマに送られ、ラヴェンナでアエティウスとの再会を果たす。彼には、将来の敵を内部から観察するだけの時間があった。忍耐強く、好奇心旺盛なアッティラは、衰退期にあった帝国の強みと弱みを研究する。そしてそこにさまざまな恐怖、欺瞞、虚飾があることを見抜く。アッティラは自分や自分の民族に期待されていることを理解する。他の蛮族とは異なり、彼は浴場の蒸気、金ぴかの飾り、大理石、その他の快楽に酔いしれることはなく、個人的な外交感覚を研ぎ澄ましていた。要するに彼はひそかに、世界最強の国に立ち向かう準備をしていたのである。

一七歳のころ、フン族のもとにもどったアッティラは、最初の妻エンガと結婚し、長男エラクが生まれた。七年後にエンガが亡くなると、フン族の主要部族の王女ケルカと再婚し、もうひとりの息子ウジンドゥルをもうける。神の災いと称されるアッティラには、三〇〇人の妻と一二〇〇人以上の子どもがいるとされた。正式の妻たち、軍事遠征中に「差し出された」そばめたち、そして後宮の娘たちを数えあげたらきりがない。多少なりとも公認されている妻は三〇人に満たなかったと思われ、二番目の妻ケルカが終生の妻であり、皇后として認められる唯一の女性だった。四四九年にケルカが亡くなったとき、アッティラは悲しみのあまり木造の宮殿を焼き払っている。とはいえ彼のお気に入りは最初の妻の息子エラクであり、後継者として期待を寄せていた。

すべてはフン族のために

王族であるアッティラは、伯父ルーアを通じて権力と密接にかかわっていた。彼はドナウ川沿岸やカフカスなど、フン族が治めているさまざまな地方との関係を整える役割を任されていた。フン族の団結がローマに立ち向かうための前提条件であることを認識していた彼は、この役割に真摯に取り組んだ。各地を訪問することで彼はあらゆる部族に名を知られる中心的人物となった。のちには中国皇帝の宮廷とも友好協定を結んでいる。アエティウスに高く評価されていた彼は、西ローマ帝国の特権的な対話者となることができた。四二三年にホノリウス帝が亡くなったとき、ルーアは、皇位簒奪者ヨハンネスに対してアエティウスが指揮した忠誠軍を支援するためにフン族戦士の一部を派遣する。ウァレンティニアス三世が西ローマ帝国皇帝であると宣言され、母后ガッラ・プラキディアが摂政となった。

フン族は東ローマ帝国の初期の同盟者でもあったが、アッティラが遠征中に二股をかけられていたことに気づき、東ローマ帝国皇帝テオドシウス二世との関係が悪化する。テオドシウス二世はルーアに知らせることなしに、フン族の敵たちだけでなく、ドナウ川沿岸やさらに遠くの一部のフン族の部族に同盟を働きかけていた。よりよく統治するためには分断させよという格言に従ったのである。フン族の高官のなかには、完全にローマ帝国の側に移った者たちもいた。これはさすがにやりすぎだった。ルーアは説明を求めたが、それを聞くことなく四三四年に突然亡くなった。彼の兄弟であるオクタルとエバルスは、数年前に亡くなっていたので、フン族はムンズクの息子であるアッティラと兄のブレダを満場一致で共同統治者とした。ブレダは器の小さい人物で、宴会や狩猟遊びで時間をつぶす飲んだくれだった。彼は責任ある地位を望んでおらず、心おきなく弟に統治を任せていた。それにもかかわらず、一〇年後に狩猟事故でブレダが命を落としたとき、アッティラは兄殺しの非難を受けることになる。

それが真剣勝負の始まりだったのかもしれない。四〇代にさしかかったアッティラは、「フン族とその諸侯の王」としての道を歩み初める。それまでの人生は、この歴史的役割を担うための長い準備期間にすぎなかったように思われる。それ以後、すべてが加速していく。ルーアがやり残したことを引き継ぎ、アッティラはドナウ川右岸のモラヴァ川氾濫原に位置する司教座都市マルグスで、会見をおこなうことにする。テオドシウス二世からはエピゲネスとプリンタスというふたりの使者が派遣された。アッティラは、オレステスとオネゲシウスを使者として送った。オレステスはダルマチア地方北部にあるドナウ川沿岸のパンノニア属州出身のローマ人である。行政職の高官だったが、ローマ帝国の退廃に嫌気がさし、アッティラの人格や野心にひかれて彼の陣営に加わっていた。恐るべき交渉人である彼は、アッティラの腹心の顧問となる。オネゲシウスはギリシア人で、彼もアッティラ陣営に移った人物であり、外交も軍事も巧みにこなし、アッティラの右腕としていわば副王となっていた。アッティラは、信頼できて有能なさまざまな分野の人物を自分の周りに集めるすべを知っていた。それこそが、追従にまどわされることのないアッティラの、すぐれた才能だった。

マルグスの会見で、土地を占領して先手を打つというアッティラの戦略の大筋が定まった。ローマからのふたりの使者は、経験の浅い弱小国の王に仕える無作法者を相手にするつもりで会見に臨んだ。オレステスとオネゲシウスは、彼らが外交上の礼儀作法を無視して、馬に乗ったまま自分たちの方にやってくるのを引き留めなかった。下に見られないようにこのようにせざるを得なかったものの、長い話し合いに嫌気がさしたローマの使者たちは、アッティラの使者が表明した条件を受け入れる。それは、東ローマ帝国とフン族のすべての敵との同盟関係を破棄すること、フン帝国のすべての脱走兵と投降兵をすぐに送り返すこと、そして最後に重要なこととして、毎年金三五〇ローマ・ポンドの俸給を七〇〇ローマ・ポンドに増やすというものだった。フン族はもはや「俸給」ではなく「貢納金」と呼んでいたが、それはつまり、フン族の大王をローマ皇帝と同等とみなしているということだった。このような条件はテオドシウス二世にはもちろん受け入れられないものだったが、交渉は不可能だった。ローマの使者が異議を唱えるたびに、「それではあなたの皇帝は戦争をすることになりますね」、という端的な言葉でさえぎられた。ローマ軍の大部分は帝国の穀倉地帯であるアフリカにいて、カルタゴを取りもどすためにヴァンダル人と戦っている。エピゲネスとプリンタスは、平和条約に署名する以外に選択肢はなかった。

テオドシウス二世はこの「貢納金」に激怒する。金七〇〇ローマ・ポンドとは、とんでもない額だ！　同盟関係はしかるべき時にいつでもひっくり返してやる……。しかし彼は、脱走兵と投降兵の問題を過小評価していたようだ。取るに足らないように見える要求の背後にアッティラの大構想があることを、おそらく見抜けなかったのだろう。アッティラは、ウラル山脈、カスピ海からドナウ川までを国境とする大フン王国、統一帝国を夢見ていた。そしてすべてのフン族は、この見地に立って大義に貢献しなければならない。フン族は例外なくすべて、である。テオドシウス二世はアッティラの気を静めるため、投降者をふたりだけ送り返した。不幸な投降者は、見せしめのためにただちにはりつけにされた。

神もいらず主人もいらず

ローマ人は、アッティラの野心を深刻に受け止めていなかった。彼らは自分たちがまだ事態を掌握していると考えており、アッティラの帝国という夢を誇大妄想としか見ていなかった。文芸を愛好したことから「カリグラフォス（能書家）」と呼ばれるテオドシウス二世は、この恥知らずの男に不当に得たものを吐き出させる手段をすでに探っていた。オイディウスの詩を楽しんでいる宮廷では、強烈ななまりのあるラテン語を話す蛮族から、将来の神による災いを感じ取った者は誰もいなかった。アエティウスだけは、アッティラの到来がいかに重大なことであるかを認識していた。彼はアッティラがどれほどの才能の持ち主であるかを知っていた。このままですむはずがないこともよくわかっていた。今のところアッティラは西ローマ帝国との同盟関係を維持していた。四三六年にガリアでローマ帝国に対する反乱が起こったとき、彼はアエティウスを支援する兵力を送って鎮圧させた。ブルクント族と西ゴート族は、フン族の傭兵に虐殺された。その一方でアッティラは、現在のハンガリー西部にあたるパンノニアでの領土獲得を強化した。スラヴ人とテウトネス族を屈服させたあと、彼の軍隊はバルト海にまでいたる北ヨーロッパ全土を征服した。

こうなったからには、彼がドナウ川を渡ることは考えていないなどとはとうてい信じられない。

四三九年、アッティラに敬虔な気持ちを喚起させる神話的なもの、軍神マルスの剣がもたらされた。それは中央アジアの遊牧民だったスキタイ人の黄金の剣だった。神々から授けられたこの剣を手にした者は、不死身になるといわれていた。マラク王は戦いのときにこの剣を地面に突き刺し、そこから退却しないよう戦士たちにうながしたとされる。その痕跡は失われたが、伝説は残っていた。宗教混合の気風のあるローマ人は、その剣に新たな名を与え、軍神マルスの剣と呼んでいたのだった。そして、ある晴れた朝、若い雌牛の足に傷があることに気づいたフン族の牛飼いが血のあとをたどると、緑の草地のなかにきらめく刀身があった。こうしてアッティラは、神によって無敵の栄光を与えられた軍神マルスの剣を手にすることができたという。フン族がキリスト教徒でも異教徒でもなく、不信心者であることを知れば、なんとも皮肉のきいた話だ。アッティラが信仰していたのは、意志の力と行動力だけだった。とはいえ彼は迷信深く、前兆や象徴に注意を払っていた。治世が始まるときに、おりよく剣が現れた。伝説か、プロパガンダか。それは誰にもわからない。いずれにしても剣の発見後には、中国を含め世界中から敬意のメッセージが殺到した。西ローマ帝国と東ローマ帝国さえも、祝辞を述べる必要があると感じたほどだった。

このできごとが、スキャンダラスな西ローマ帝国皇女ホノリアの思考に火をつけたのだろうか？　ガッラ・プラキディアの娘であり、皇帝ウァレンティニアス三世の妹である彼女は、激しい気性で知られていた。彼女はアッティラに一通の手紙を送る。婚約指輪として印章のついた指輪が添えられた手紙のなかで彼女は、西ローマ帝国の半分という驚くべき持参金をちらつかせていた。実のところホノリアは、家族に強いられている幽閉生活から逃れるために、フン族の王の支援を望んでいた。アッティラはだまし討ちのようなこの奇妙な結婚の申し出に警戒心を示した。これに応じることはなかったが、もしものときのために手紙と指輪をとっておいた。

もっと差し迫ったことがあった。マルグスで取り決めた条約の条項を無視して、とくにカスピ海沿岸のフン族に反乱をそそのかしているテオドシウス二世に、アッティラは思い知らせてやりたかった。彼が望んでいたのは実は開戦の理由だった。平和条約は避けがたい戦争への準備だった。そして最初にアッティラからの懲罰を受けることになるのは、マルグスだった。四四一年、定期市の最中だった町をアッティラの軍隊が荒らし回り、人々を皆殺しにし、燃やせるものをすべて焼き払った。それは、征服のための軍事行動に移る前におこなわれた恐ろしい復讐だった。アッティラはドナウ川を越えてまさに「ルビコンを渡った」のである。パンノニア地方の都市シルミウムを奪取したことで、東ローマ帝国の管轄下にあったパンノニア・セクンダも屈服させた。ダルマチア、モエシア、トラキア、テッサリア、そしてその先のコンスタンティノープルを征服する道が開かれた。

テオドシウス二世の宮廷はパニックに陥った。コンスタンティヌス帝の生誕地であり、きわめて象徴的なモエシアの都市ナイススが破壊されたことを知ると驚愕した。それは殺戮だった。フン族は略奪し、陵辱し、内臓をえぐり出す。生存者はいない、あるいはほとんどいない。皇帝は交渉せざるを得なくなった。皇帝はいつもと変わらぬ態度で、運命の輪が回るのを待ちながら、潮時をみはからい、言い逃れをし、平和を手に入れる方法を見つけたいと考えていた。狡猾でもある宦官の首相クリュサフィウスから誤った助言を受けた皇帝は、交渉の席でアッティラを殺害するという計画に賛同する。しかしフン族は、ローマ軍の将軍のひとりで、この計画に加担するふりをしたエデコから陰謀を知らされた。アッティラはクリュサフィウスの首と多額の賠償金を要求する。しかしテオドシウス二世はそれから一年後の四五〇年に死去した。後継者のマルキアヌス帝は、はるかにしたたかな皇帝だった。フン族に貢納金を支払うことなど論外だと考えていた。マルキアヌスはフン族の使者に、「私は友人のためだけに黄金をもち、敵のためには鉄をもっている」と言い放った。コンスタンティノープルの攻略は一筋縄ではいかなかった。分厚い城壁を前にして、アッティラはいったん引き上げることにした。おそらく彼は軍資金のことを考え、不確実な攻撃ですべてを失う危険を冒すのは避けたかったのだろう。何よりも、彼には西ローマ帝国に野心の矛先を向ける正当な理由があった。

巨人の衝突

不屈の皇后ガッラ・プラキディアは、テオドシウス二世死去の四か月後に亡くなった。この期をとらえてアッティラは、一五年前に受け取ったホノリアの婚約指輪をふたたび取り出し、妻と持参金、つまりガリアのかなりの部分を要求する。ウァレンティニアス三世の宮廷は、このようなあつかましさをあざ笑い、当然のことながら要求をはねつけた。アッティラはそうなることはわかっていた。彼は戦争を引き起こしたかったのだ。彼はウァレンティニアスに、ガリアの西ゴート族の裏切りを告発し、すぐに制裁を加える必要があると訴えた。しかしアエティウスはだまされなかった。アッティラは間違いなく侵略の準備をしている。肥沃な土地と獲物の多い森林のあるガリアそのものも魅力的ではあったが、何よりもガリアは、ローマ帝国に侵攻するための入口だったのである。ガリアに足場を築くために、アッティラは東ゴート族、ゲピド族、ヴァンダル人、ラインラントのフランク人との関係に気を配った。バガウダエからの支援も当てにしていた。バガウダエは山賊や脱走兵、土地のない農民など、ローマ帝国の支配に対してあらゆる種類の不満をもつ者たちの武装集団だった。フン族の侵攻は、彼らを中心とする反乱をさらにあおることになる。

四五一年初め、アッティラは巨大な兵力と荷車の列をともなってライン川を渡る。荷車のなかには、揺れながら暮らしている女性や子どもたちがいた。アッティラはラインラントの都市トリーアを荒廃させたあと、ガリアの都市メスを包囲した。勇敢に抵抗したものの、メスは略奪された。長い攻防戦で興奮状態になった攻囲軍は、暴力的な破壊の衝動を抑えようとしなかった。このガリアでの遠征中に、ある隠者から「これは神の災い」であると告げられたアッティラは、この言葉に気分を害することはなかった。それどころか、神も悪魔も信じない彼は、このような暗示が呼び起こす力を理解していた。アッティラは恐怖をあおることを望んでいた。恐怖はしばしば力よりも効果的であるからだ。さらに、この呼び名はあいまいでもあった。神の災いとは、この不敬虔な世界に対する神の怒りの道具なのではないか。つまり、世界の終わりをつねに恐れているキリスト教化されたこの地では、それが有効な名刺代わりとなるのだ。メス攻略は華々しい成果だったが、エネルギーも時間も費やした。アッティラはラン、サン＝カンタン、ランスなどの都市をそれほど苦労せずに奪取する。メスの運命は、近隣の都市に無益な戦いを思いとどまらせることになった。アッティラがパリの城門に到着すると、恐怖にかられた住民たちは、最悪の事態を避けるために扉を開ける準備をした。おそらくは並外れたカリスマ性の持ち主である、ナンテール生まれの敬虔な若い女性が、次のような有名な言葉で住民たちを説き伏せた。「逃げたいなら、もう戦うことができないのなら、男たちはお逃げなさい。私たち女は、神が私たちの願いを聞いてくださるかぎり、神に祈ります」。それがのちにパリの守護聖女となるジュヌヴィエーヴである。

　願いは聞き届けられたのだろうか。貴族たちは貢ぎ物を納めたのだろうか。フン族が陣をたたんで南方に向かったのは事実だ。アッティラは、アエティウスが率いるローマ軍が到着する前に、アキテーヌに到着して西ゴート族と戦おうとしていたと考えるべきだ。時間はあまり残されていなかった。彼の軍隊は無益な攻囲戦と略奪によってすでに散り散りになっていた。そしてパリは、すでにキウィタス・パリシオルムを短縮してパリと呼ばれていたとはいえ、依然として現在のようなパリではなかった。パリの前身である古代のルテティアへのアッティラの関心は、要するに限られたものだった。彼はもっと豊かで、より戦略的なオルレアンを選択したのだ。フン族はロワール川のほとりに位置するこの要塞都市を包囲する。住民たちは、九一歳という高齢のエニャン司教に鼓舞され、壮烈に戦って抵抗した。いかなる破壊もおこなわないという条件で、都市の城門を開く交渉がなされた。アッティラは約束を守った。エニャンもまた列聖されることになる。完全とはいいがたい勝利の喜びをかみしめている暇はなかった。アエティウスが、西ゴート族の族長テオドリックと同盟を結んだのである。テオドリックの恐るべき軍勢がローマ軍に加わり、オルレアンに向かってまっすぐに突き進んでいた。一丸となってその軍勢に立ち向かわなければならない。

衝突が実際に起こったのは少し離れた場所、現在のシャロン＝アン＝シャンパーニュ周辺だった。四五一年の真夏におこなわれた、有名なカタラウヌムの戦いである。参戦した部隊の多様性、戦闘員の数、賭けられているもの、戦いの熾烈さにおいて、歴史上最も重要な戦いのひとつである。ほとんどの歴史家は、各陣営に二万五〇〇〇人から一〇万人の兵士がいたと考えている。当時の人口を考えると、途方もない数だ。フン族とその同盟者である東ゴート族、ゲピド族、スエヴィ族、ヘルール族、テューリンゲン族は、西ゴート族、ブルクント人、サクソン人、フランク人のサリ族からなるローマ・ゲルマン連合と対峙した。依然としてローマ帝国に忠実なフランク人は、クロヴィスの祖父とされ、メロヴィング朝の名の由来となっているメロヴィクスという人物に率いられていたといわれている。壮絶な戦いが繰り広げられた。軍隊の戦いという以上に、それはアッティラとアエティウスというふたりの巨人の戦いだった。若いころからお互いを尊敬しつつ、対抗意識をはぐくんできたふたりの軍事的天才、反目し合うふたりの兄弟の戦いだった。しかしすべての栄誉は、西ゴート族戦士の決定的な攻撃のさなかに戦死した第三の男、テオドリックのものとなる。戦いの経緯についてはあまり知られていないが、アッティラ軍は組織的な会戦に不慣れだったため、歩兵の弱さがあだとなった。ローマ軍の熟練した軍事戦術に対して、フン族騎兵の急襲攻撃は明らかに無力だった。アッティラは勝利が手の届かないところにあることをすぐに理解し、手痛い敗北を喫するよりも退却することを選択する。伝説によれば、恥ずべき降伏をするよりも、生きたまま火に身を投じるため、馬の鞍で大きな火葬台を築いたという。西ゴート族は戦いを最後までやり遂げる決意だった。しかし奇妙なことに、アエティウスは敗走するフン族軍を壊滅させる好機をとらえることなく、パンノニアの本拠地に帰還させた。彼は西ゴート族にアキテーヌへもどるよううながしてもいるが、これはおそらく、この貴重な補助部隊の暴走を危惧したからだろう。ローマ帝国は、同盟国を将来の敵として遇する習慣があった。その逆の場合もあったのである。

ヴァレンティニアヌス三世の宮廷は、アエティウスのやり方に賛成しなかった。最高司令官アエティウスはラヴェンナへの凱旋入場を禁じられ、彼を中傷する者たちは反逆罪を口にし、アッティラに対する友情がまさったのではないかと疑った。結局のところ、カタラウヌムの戦いにおける最大の勝利者は、やはりメロヴィクスのフランク族［サリ族］だった。公正にして誠実な貢献とひきかえに、ローマ軍にとって蛮族の補助部隊にすぎなかったフランク族は、ガリア・ベルギカに領土の基盤を得たのである。この王国はその後数世紀にわたって拡大していくことになる。

帝国の逆襲

アッティラは、東ローマ帝国に続いてガリアの攻略も断念する。しかし神の災いであるアッティラはまだすべてをあきらめたわけでなかった。断念は一時的なものにすぎなかったのだ。西ローマ帝国はまだ何も気づいていなかった。本拠地にもどるとすぐにアッティラは、さらに恐ろしい遠征、つまりイタリア半島への侵攻を準備していたのだ。今度は敵の心臓部をたたくつもりだ。四五二年春、アッティラ軍は、アルプス山脈の支脈とアドリア海のあいだにあって、広大なポー平原への侵入を阻んでいる、難攻不落とされる都市アクイレイアを攻撃した。三か月にわたる攻囲戦の末に城壁は崩れ落ち、都市はフン族の猛威にさらされた。男たちは喉をかき切られ、女たちは陵辱され、家は荒らされた。アクイレイアは未曾有の暴力の嵐が吹き荒れる中で壊滅する。城門は侵略者に開かれた。地域全体に恐怖が広がる。パドヴァ、ヴェローナ、クレモナ、ミラノ、パヴィーアなど、ポー平原の主要都市が次々に陥落した。草原のロードローラーを止められるものは何もない。蛮族から逃れるため、避難民たちは明るい未来が約束されているラグーンの砂の小島に住み着いた。こうしてヴェネツィアが誕生したのである。

脅威がラヴェンナとローマに迫っていた。恐怖で身動きできなくなった宮廷は降伏さえ考えた。ひとりの男が災厄を回避する手段をもっている。アエティウスである。彼の運命は、フン族の大王アッティラの運命と、どうしようもないほど結びついているように思われる。ただしアッティラは、過去の失敗から教訓を得て、軍事戦略を見直していた。正面戦やリスクのある攻囲戦を避け、ローマ軍団が消耗してめまいを起こすほどのゲリラ戦を展開していた。そこでローマ側は、ローマ教皇レオ一世という切札を切った。レオ一世はその外交手腕によってすでにガリアで名を挙げ、異端との戦いに惜しみなく精力を注ぎ、異教徒からさえ尊敬を勝ち得たほどだった。四五二年七月四日、マントヴァ郊外で、レオ一世の使節団がフン族の大王アッティラと面会する。なんとも異様な光景だったと想像される。褐色がかった赤紫色の豪華な祭服に身を包み、金の刺繡が施された絹のミトラ（司教冠）をかぶった神の代理が、生身の神による災いと向かい合っているのだ。ふたりの人物は、一対一で話し合うことにした。何を話したのか。誰にもわからない。だが合意が結ばれ、アッティラは相応の貢納金の支払いとひきかえに、数日中にイタリアを離れることを約束した。

これは三度目の断念であり、三度のうち最も驚くべきものである。アッティラが黄金のために、ゴールのすぐ手前でローマをあきらめたなどとどうして信じられるだろう。レオ大教皇、さらには聖レオとして後世に名を残しているこの説得力のある教皇は、畏敬の念を起こさせるような人物だったにちがいないが、それにしても、である。東部戦線でフン族を攻撃するという皇帝マルキアヌスの意図は、おそらくアッティラの決定と無関係ではないだろう。伝染病によって軍隊がかなり弱体化していたともいわれている。とはいえ、伝染病を媒介する蚊のような虫が、この地獄の騎士たちの壮挙に終止符を打ったとは考えにくい。これらの要素を寄せ集めて、そこにあまり強調されることがない要素、つまりリーダーの性格を加えたら答えが出るはずだ。アッティラは野心家であるが、うぬぼれることはなかった。古代ギリシアの賢者たちが戒めた傲慢《ヒュブリス》という悪におぼれることはなかったのである。おそらく彼は自分自身の限界を知っていたのだろう。恐るべき征服者であることはたしかだが、国家を建設する者ではない。略奪によって永続的なものを築くことはできない。帝国は荷馬車からではなく、ローマ帝国のように石や大理石から築かれる。それにアッティラは、皇帝そのものというより戦士の統合者なのではないか。征服そのものが彼の目的であり、彼の存在理由なのではないだろうか。

最後のローマ人

アッティラは五七歳頃にドナウの地にもどった。長年にわたる過酷な遠征、果てしない騎行、饗宴、飲酒を経て、彼は老いていた。健康状態も不安定だった。たき火を前にして自分の波乱万丈の人生に思いをめぐらせながら平穏な日々を過ごすこともできたかもしれないが、アッティラは隠居するような男ではなかった。彼は「大征服」の計画を立て、翌年の春にはそれを実行に移すつもりで、その準備を忠実な副官であるオレストとオネゲゼにゆだねる。彼はふたつの帝国をたて続けに攻撃すると発表した。ペルシア、インド、中国にも覇権を拡大するつもりだった。そうなれば彼は世界の支配者となるだろう。アッティラは自分の帝国の国境に秩序をもたらすためにふたたび鞍にまたがり、アラル海に向かって進んだ。人間はそれほど変わるものではない。

彼は晴天を待って若いゲルマン人の姫イルディコと結婚する。彼女の出自はよくわかっていないが、その美しさはうっとりするほどだった。いずれにせよ、猛将が何度めかの結婚に踏み切ろうとするほど美しかった。この結婚は致命的なものとなる。四五三年三月一五日、アッティラは喉や鼻に血をあふれさせた状態で寝台に横たわっているところを発見された。祝宴での暴飲暴食が彼を死に追いやったのだろうか。若い妻との夫婦のつとめを果たして力尽きたのだろうか。イルディコが毒を盛ったか、あるいは眠っている彼を窒息させるかしたのだろうか。ほとんどの歴史家は、結婚式での過度のアルコール摂取による出血性脳卒中であると結論づけている。神の災いは不死身ではなかったのだ…。彼の亡骸は、マルスの剣を初めとする豪華な装身具とともに絹の天幕の下に安置された。フン族は、騎馬パレードや模擬戦などをまじえた盛大な葬儀を執りおこなった。儀式が終わると、アッティラは金、銀、鉄の三重の棺に安置して埋葬された。伝説によれば、墓を掘る役目を果たした奴隷たちは、その場所が冒涜されることのないように秘密にしておくため、直ちに喉をかき切られたという。実のところその場所は、今もわからないままだ。もうひとつのロマンティックな伝説によると、彼の親衛隊の一部の戦士たちが、古代のしきたりにならって、首長とともに死ぬ名誉を得るために、墓所の前で自死したといわれている。「大征服」はなされなかった。アッティラの死は、フン族の帝国の終焉を告げていた。歴史上の大物が亡くなったときによくあるように、後継者争いが起こって混乱状態となった。彼の息子でおもな相続人のひとりであるエラクは、一年後に戦闘で死亡した。ゲピド族を初めとするかつての同盟部族は、この期にフン族から離れていった。アッティラの孫のひとりであるムントは、東ローマ帝国の皇帝ユスティニアスのもとで将軍になっている。巨大なフン族の帝国が、少なくともヨーロッパにおいて建設されたときと同じくらいの速さで崩壊したのは、この帝国がカリスマ的指導者の決意だけで固められていたことの証明である。アジアでは、フン族がペルシア人に勝利し、一時はインド北部を支配するなど、フン族の帝国が続いていた。アエティウスはといえば、ローマ帝国宮廷の怨恨と忘恩の犠牲となって痛ましい最期を遂げた。アッティラの死から一年後、「最後のローマ人」と称されたアエティウスは、ウァレンティニアス三世自身の手によって刺し殺された。その翌年、ウァレンティニアス三世は、元老院議員ペトロニウス・マクシムスの求めに応じたアエティウスのふたりの忠臣によって殺害された。ウァレンティニアス三世は、マクシムスの妻を陵辱したことがあったといわれている。西ローマ帝国の退廃した状況をよく物語る哀れな幕切れである。皮肉なことに、西ローマ帝国最後の皇帝は、アッティラの重臣だったオレステスの息子である。自分の指導者が亡くなると、オレステスはユリウス・ネポス帝の治世下にローマ軍の軍務長官となっていた。しかしネポス帝が無能であると判断すると、彼を退位させ、自分の息子であるロムルス・アウグストゥルスを皇帝にした。彼とともに古代ローマの歴史は幕を閉じるが、彼が永遠の都を築いた伝説の双子のひとりの名をもつことから、歴史の出発点にもどったともいえる。西ローマ帝国はアッティラの壮挙から立ち直ることができなかったが、東ローマ帝国は一四五三年にオスマン帝国によってコンスタンティノープルを占領されるまで、さらに千年存続することになる。

破壊者と創造者

教会が覇権を拡大し、ヨーロッパで修道院が隆盛をきわめるにつれて、アッティラが生きているうちに作られた黒い伝説は、数世紀にわたり拡大し続けた。フン族の大王は彼の意に反して異教徒としての刻印を押されており、福音書の美徳で対抗する西欧キリスト教世界にとっていわば引き立て役となっている。フランスのカトリック司教ボシュエはアッティラについて、まさに「すべての人間のなかで最も恐ろしい人間」だと考えている。オルレアンの聖エニャン、トロワの聖ルー、ランスの聖ニケーズ、聖レオ教皇、そしてもちろん聖ジュヌヴィエーヴなど、彼に抵抗したり殉教させられたりした人々の多くが列聖されている。ときには過度の英雄化もあるが、それとは別に明らかな作り話もある。フン族に捕らえられ、フン族の首長との結婚を拒んだとされる聖ウルスラがそうした例である。中世イタリアの年代記作者ヤコブス・デ・ウォラギネの『黄金伝説』によれば、彼女は一万一〇〇〇人のお供の処女たちとともに弓矢で射殺されたという。いくつかの段階を経て形作られたこの風変わりな神話は、九世紀にケルンの葬祭用大聖堂で、八歳の子どもウルスラの墓の隣にあった碑文の「一一人の処女殉教者」を意味するXI・M・Vを、「一万一〇〇〇人の処女」と読み間違えた結果である。血に飢えた蛮族、罪のない処女たち…。そのイメージは中世の人々の心を打たずにはおかなかった。著作家たちがより真剣にフン族の歴史に取り組むようになるのは、一九世紀のナポレオンの時代になってからのことだ。偉大な征服者である大王がにわかにもてはやされるようになった。

とはいえアッティラの暴力については疑いの余地がない。その破壊的な力はゲルマン諸部族さえも恐怖に陥れたが、それについてはあまり語られていない。アッティラは血が流れるのを嫌うことはないが、それを楽しむこともない。暴力性は、不安定ではかない存在にはよくある要素である。そこでは強者の論理のみが支配する。略奪と虐待は「必要」悪であり、一方では、朝から晩まで駆けずり回ってむだに命を危険にさらしたくない兵士たちの要求にこたえるために、また一方では、都市の明け渡しを容易にするためになされたのである。彼の評判のおかげで、多くの場合、破壊槌で打ち破ることなく門戸を開かせることができた。都市や人に損害を与えず、約束を守れるということを、彼は何度も繰り返し示している。有能な外交官であり、したたかな戦術家でもある彼が人を殺すのは、快楽のためではなく、利益のためである。大王としての義務だと思うことをしているだけだ。つまり人々の崇拝を得られないなら、人々の服従を確実なものとする恐怖心を抱かせるのである。優しい時代ではなかったこと、ローマ帝国やキリスト教の至上権を有する者でさえ非難を免れないということにも留意したい。大帝と呼ばれたテオドシウス一世は、暴動を起こしてローマ軍の隊長を殺害したことへの報復として、少なくとも七〇〇〇人のテッサロニカ市民を市内の円形競技場で大量殺戮させている。つまりアッティラは当時の習慣の例外ではなかったということだ。多くの人を殺したのはたしかだが、迫害することはなかった。三位一体のカトリック信仰は、アリウス派などの主要な異端を根絶するが、不信心者であるアッティラは、そうした人々の集団を迫害することはなかった。

では、暴力という側面が彼につきまとっていることはどのように説明できるだろう。まず、彼が敵だったからという理由は理解できる。次に、ラテン語やギリシア語で書かれた同時代の原典はすべて偏ったものだからという理由もある。著作家はいずれもローマ人かローマ化された人物であり、キリスト教徒あるいはキリスト教に改宗した人たちである。フン族はといえば、物質的な痕跡をほとんど残さなかった。被告人は自分を弁護するための言葉を何も語っていない。この嫌悪感はおそらく、意識していようといまいと、ある種の人種差別によってかきたてられたものである。文明化した洗練された世界に対して、蛮族であるアッティラは、不当にアジア人に特有のものとみなされている、極端な残忍さの原型となっている。千年後に巨大な帝国をわがものとし、かつてないほどの残忍さで無数の死体の山を築くことになるもうひとりのテュルク・モンゴル系支配者ティムールが、アッティラのおぞましい評判のせいですっかり影が薄くなっているのだから、ますます不公平である。ティムールの軍事遠征はヨーロッパにおよばなかったので、彼はアッティラほど知られていないのである。同様に、チンギス・カンも多くのアジア諸国にあまりいい記憶を残さなかった。アッティラは、ヨーロッパの想像力のなかで、脆弱な西側世界と本質的に敵対的な東側世界とのあいだの溝を深めた。そのため、文明衝突という先祖伝来の恐怖心が今日まで維持されることとなる。

キリスト教世界によって悪魔視されているアッティラだが、アイスランドの伝説や、

『ニーベルンゲンの歌』では英雄であり、神話化されている。『ニーベルンゲンの歌』の登場人物であるフン族の王エッツェルは、アッティラから想を得ている。一九世紀末にハンガリー人は、正しいかどうかは別にして、自分たちを気後れすることもなくフン族と同一視し、アッティラを解放者にして建国の祖である王、国民的英雄とみなした。ハンガリー国家の遠い先駆者と考える方がより合理的だと思われるにしてもである。ブダペストには彼の名を冠した通りもあるほどだ。同じロジックに従えば、彼は意に反してフランク族のガリアへの定着をうながし、のちのフランク王国、そしてフランスの出現に間接的に働きかけたということになる。反ローマ活動を刺激したことによってフン族の大王は、世界の終わりが新たな夜明けを予感させていた転換期に、それと知らずにヨーロッパの形成に間違いなく貢献したのである。学校の教科書でアッティラが体現しているカオスという言葉は、ギリシアの神話ではあらゆる創造の起源となっているのではないだろうか。それも「神の災い」のもうひとつの解釈の仕方である。

3

ジャック・クール

――詐欺師か、篤志家か

「ジャック・クールほどにも金持ちじゃないって、
粗末なもん着ても、生きてるじゃんか、
生きてる方がいいだろ、むかし領主だったのが、
いまは立派な墓の中で腐ってる、そんなんよか」
フランソワ・ヴィヨン、『遺言詩集』(『ヴィヨン遺言詩集』、堀越孝一訳注、悠書館)

「カピトリヌスからタルペーイアの岩まではそれほど遠くない」[タルペーイアの岩とはローマの中心部にあるカピトリヌス(カピトリーノ)の丘の南端の崖のこと。ローマ時代には罪人を投げ落とす処刑場だった]と、いにしえのことわざは警告している。栄光に包まれた日々から、一転恥辱にまみれることになったジャック・クールほど、この残酷な運命の暗転を体現している者はいない。彼の生涯はあたかも、百年戦争で荒廃したフランスを舞台

に展開するバルザック風の小説のようだ。クールはフランス中央部ベリー地方の低い家柄の出身であり、彼が東洋との交易で巨万の富を築き、フランス王シャルル七世のために財政を預かることになるとは思いもよらないことだった。造幣局の所長、大蔵卿、外交官をつとめた彼は、ジャンヌ・ダルクが口火を切ったイングランドからのフランス領奪還に資金を提供した。シャルル七世の美しい愛妾アニェス・ソレルとの交流もあり、宮廷に贅沢志向をもたらした。フランスにおけるルネサンスの先駆者と考える人たちもいる。彼は前ぶれもなく逮捕され、公正を欠く裁判にかけられ、死刑を宣告された。この突然の失脚をどう説明すればよいのか。国王に恩をあだで返された犠牲者なのだろうか？　国家の奉仕者か、それとも便乗者か。ひとつたしかなのは、ジャック・クールがとてつもない成功に大きな代償を支払ったということだ。

「地獄の黙示録」

ジャック・クールは、一三九五年かあるいは一四〇〇年、ブールジュで毛皮商を営む父親と、肉屋の未亡人である母親の息子として生まれた。父親は、美しい布地の裏につけるための毛皮を公爵の宮殿に納めていた。ベリー地方のこの町は、都市建造者であり後援者であり審美家でもあるジャン一世の庇護を受けて繁栄していた。写本装飾で有名な典礼の書、『ベリー公のいとも豪華なる時祷書』がそれをよく物語っている。贅沢にかまけていれば、つねに危険がつきまとっていることをほとんど忘れられるのかもしれない。なにしろジャック・クールが成長期を過ごしたのは、狂気王と呼ばれたシャルル六世によるひどい治世の末期だった。精神に異常をきたしたフランス王は、統治不能となっていた。王族たちは、摂政職をめぐって争った。まず、シャルル六世のいとこで力のあるブルゴーニュ公ジャン一世無怖公が、一四〇七年にライバルである国王の実弟オルレアン公ルイを暗殺した。百年戦争の最中にアルマニャック派［オルレアン公ルイの長男シャルルと、その義父アルマニャック伯ベルナール七世を中心とする」とブルゴーニュ派とのあいだで内戦が勃発し、そのことが先祖伝来の敵であるイングランドに有利に働く。イングランドが争いをあおり立て、一四一三年春にパリでカボシュの反乱と呼ばれる民衆蜂起が起こると、暴虐行為は頂点に達した。食肉商組合を中心とするカボシュ党の暴動は、ブルゴーニュ公がパリにおける影響力をふたたび強めることを可能にした。

この世の終わりのような様相を呈していたこの時期には、教会さえも分裂した状態にあり、ローマとアヴィニョンにそれぞれ教皇庁が置かれていた。ローマの教皇はイングランドとブルゴーニュ派に支持され、一方アヴィニョンの教皇はアルマニャック派に支持されていた。それが西方教会大分裂と呼ばれるものである。とはいえ「どんな国でも、内輪で争えば、荒れ果てて」しまうとマタイ福音書は警告している。そして一四一五年一〇月二五日、アザンクールの戦いのときに、フランスがまさにそのような状態に陥ったのである。イングランドの歩兵部隊は、フランス騎士団の精鋭を全滅させた。圧倒的な勝利を収めたイングランド王ヘンリー五世は、ノルマンディー征服を進める。そして一四一九年九月一〇日、今度はジャン無怖公がアルマニャック派によってモントロー橋で暗殺された。息子のフィリップ善良公はためらうことなくイングランドと手を結び、「西の大公」の称号を得て自分が皇帝になることを夢見た。実際、ブルゴーニュ公国は帝国の規模をもっていたが、フランス王国は徐々に縮小していた。

災厄のきわみであるトロワ条約は、一四二〇年五月二一日、イングランドのヘンリー五世と、フランス王シャルル六世とのあいだで結ばれた。裸の王様で完全に頭がおかしくなっていたシャルル六世を支えていたのは、妻のイザボー・ド・バヴィエール王妃と、この条約の真の推進者であるブルゴーニュ公の意を受けたソルボンヌの聖職者たちだった。このひどい条約によって、フランスの王太子は継承権を奪われ、イングランド王の息子がフランス王位の継承者とされた。シャルル六世の死後、フランス王位は不誠実なイングランドのものとなるのである。これ以上の裏切りは考えられない。シャルル六世とヘンリー五世は、それから二年後、ほぼ同時期に亡くなった。ヘンリー五世の息子はまだ一歳にもなっていなかった。パリの防衛司令官だったベッドフォード公を含むヘンリー五世の叔父たちが、王が成人するまでの摂政に任ぜられた。不運なフランス王太子、のちのシャルル七世は、最後まで残った忠臣たちとともにロワール川の南にある都市ブールジュに逃れる。すでに領土の多くを奪われていたフランス王国は、敵に包囲され、徒党に引き裂かれ、山賊や動員解除された傭兵たちによって荒らされていた。軽蔑をこめて「ブールジュの小王」と呼ばれているシャルル七世は、自分の正当性に疑いを抱いていた。希望以外はすべて失われたように思われた。

「マネー、マネー、マネー」

こうした状況がジャック・クールに幸運をもたらすこととなる。王太子の存在によってベリー公国の首都ブールジュは、フランス王国がまだ維持している行政の中心地のひとつとなる。そして領土奪還の中心となったのである。職人たちの商売は繁盛し、大胆な者たちに好機が訪れる。ジャック・クールは小商人としての将来から逃れるために、好機をひとつひとつ自分のものにしていった。他のあらゆる好機につながっていく最初の好機は、トロワ条約と同じ年に、ブールジュ市長の娘で幼なじみのマセ・ド・レオドパールと結婚したことである。理想的な結婚相手だった。ジャック・クールの義母は、ブールジュの造幣所長の娘だった。若い商人であるジャック・クールはこの職務の重要性を理解していた。それは、ただのブルジョワが権力機構の重要な歯車となることを可能にするものだった。貨幣は戦争の新たな活力源だった。重さや混合物しだいで、両替商や投機家によって操られる精密な武器にもなる。この分野の専門家であるイングランド人は、純粋な金属の割合を高く見せかけた硬貨を流通させて、ロワール川以遠の市場に損害を与えていた。

一四二七年、ジャック・クールはブールジュの造幣所を購入した。まだ若かった彼は、ゴダール兄弟やラヴァン・ル・ダノワのような経験豊富な人々と協力しあった。二年後、彼らは、貨幣鋳造合金で不正をして不法な利益を得たとして有罪判決を受けた。若さゆえの過ちだろうか。共犯者たちは牢獄に入れられたが、彼は一〇〇〇エキュの罰金を払って年末までに赦免となった。シャルル七世は寛大さを示したが（それは長くは続かない）、おそらくオルレアンでのジャンヌ・ダルクの決然とした行動のおかげで、ランスで戴冠したばかりだったからだろう。ジャック・クールとその仲間たちは、ジャンヌ・ダルクの遠征の資金調達に努めた。彼らはわずかな対価で造幣所を取りもどした。ラヴァン・ル・ダノワは「フランス造幣局長」にまで昇格した。緊急事態に備えなければならないシャルル七世にとって、専門家はどんなに多くても多すぎるということはなかった。

ジャンヌ・ダルクはルーアンで火刑に処せられたが、そのころジャック・クールは東洋への大旅行を準備していた。商品の販路を求めていたのか？　純真さを取りもどそうとしたのか？　危険で無謀なこの旅を企てた理由はわからない。彼はナルボンヌからガレー船でベイルートに向かい、一四三二年にダマスカスに到着した。彼の存在は、十字軍遠征を見すえた視察任務についていたブルゴーニュ公の侍臣の記述によって証明されている。ではジャック・クールは何をしていたのか？　それは謎である。おそらく彼自身もまたメモをとっていただろう。数年後に確立する途方もない海上交易のネットワークと無関係とは思えないからだ。

同年、ジャック・クールは、コルシカ島で難破して全財産が失われたあと、フランスに帰国した。その後の四年間についてはほとんどわかっていないが、移動が多かったものの大部分の時間をトゥーレーヌで過ごしていたシャルル七世と親しくなったと考えられている。一四三六年には信頼回復のあかしとして、彼は王からパリ造幣局の所長に任命され、戦争による通貨の混乱状態から秩序を回復する役割をゆだねられた。シャルル七世は、「高品位」の貨幣、つまり高純度の貨幣を作るために、純粋な金属の割合をカラットで表示することも定めた。アルマニャック派とブルゴーニュ派の争いは、アラス条約によって一時中断される。パリはフランス国王の手にもどるが、内戦のいやな残り香がすぐに消え去ることはなかった。彼は、かつて「ブールジュの小王」を裏切った聖職者たちのなかで気兼ねなく過ごせたのだろうか。パリにはほとんど滞在せず、現地に共同経営者を置き、遠方から造幣所を管理した。それが成功の鍵のひとつだった。彼は、ギヨーム・ド・ヴァリーとジャン・ド・ヴィラージュのような信頼の置ける者たちに仕事をゆだねるすべを知っていた。彼の経歴を通じて、事業が海外におよんだときでも、ベリー地方は彼の母港であり続けた。

ジャック・クールは貨幣の任務を精いっぱい果たしたので、国王は一四三八年に彼を銀食器調達係に、その翌年には大蔵卿（王室調度方）に任命した。これは、館つまり王の私邸にシーツ、香辛料、毛皮、宝石その他の貴重品を供給する役割である。王の館は、宮廷が必需品を仕入れるショーケースであると同時に特権的なブティックでもある。ジャック・クールは仲買人のネットワークに支えられて、王の館を全力で運営した。彼はそれを大きなビジネスネットワークに変え、王国の傑出した人々と緊密な関係を築いた。それまではある種の素朴さが支配的だったフランスの宮廷に贅沢が入り込んだ。貴婦人のかぶり物は高さを増し、引き裾は長くなった。衣装は、センダル、ダマスク、ブロケードなどの絹織物を競いあった。ジャック・クールのおかげでベリーの貴婦人たちは、パリの貴婦人たちよりずっと早く、フランス風エレガンスの大使となっていた。

「勇敢な心があれば不可能なことはない」

仕事の虫で目端も利く管理者、ジャック・クールはこの仕事にうってつけの人物だった。彼はみずから手をくだして仕事をし、そしてお金を支払った。当然のことながら、彼は貴族に叙されたあと、一四四二年に国務諮問会議に加わる。彼は紋章を三つの貝殻と三つのハートで飾った。貝殻は、サン＝ジャックを連想させ［ホタテ貝はフランス語でコキーユ・サン＝ジャック（聖ヤコブの貝殻）］、ハート［フランス語ではクール］は彼の姓をあらわしている。のちに彼は領主サン＝ファルジョー家のモットー（紋章の銘）で、自分にもうってつけのモットー、「勇敢な心があれば不可能なことはない」を紋章につけ加える。既成概念に反して、中世は厳格な秩序によって細分化された社会ではなかった。それにふさわしいとされる男性が爵位を得るのは、さほど困難なことではなかったのである。百年戦争はこの傾向をさらに強めさせた。フィリップ二世尊厳王が、国王より自分の領地を優先する不実な領主たちより、国家を頼みの綱としている献身的なブルジョワによって統治するようになったからだ。シャルル七世は、王太子を含めた名門貴族たちが国王を退位させようとした武装反乱である、プラグリーの乱で苦い経験をしていた。ジャック・クールは忠誠心を示し、とくに元侍従長トレモイユの陰謀を挫折させることに貢献した。その後、シャルル七世の国務諮問会議は、かつての平民たち、つまり王国と利害が一致する、王が「生み出した」者たちで構成された。こうしてブルジョワたちは、聖王ルイとともに十字軍で戦った旧家をもしのぐ財産を築き上げる。

一五世紀初めの大蔵卿の役割はそれほど大きいものはなかったが、ジャック・クールはそこにかつてないほどの規模と威信を与え、のちの財務卿に近いものにした。通貨改革にも関与し、財政の再編、貿易の規制、税制措置などといった王国の経済政策にますます大きな役割を果たすようになっていく。彼が推進者となった一四四三年のソミュールの大王令によって財政が健全化し、そのおかげでシャルル七世は、大領主に対してある程度の独立を約束する、将来の職業軍人制軍隊の基盤を築くことができた。ジャック・クールは国王が彼に期待していたこと、つまり浪費やその場しのぎの出費を長年続けてきた国家財政を救うことに成功したのである。国庫が安定したことの象徴として、彼は純銀九二パーセントという純度の高い銀貨の鋳造を命じる。この銀貨は「国王のグロ銀貨」あるいは「ジャック・クールのグロ銀貨」と呼ばれた。

彼の成功そして彼の運命は、つねに王国の政策に左右される。しかし、自分のための活動やさまざまな投資は、必ずしもそうではない。偉大な「実業家」という伝説とはうらはらに、大蔵卿である彼は何よりも政府の受任者であり、その後もそうであり続けることになる。実のところ、ジャック・クールは起業家というより行政官の精神の持ち主である。中世研究家のジャック・エールスは、初期の「国家の技術者」のひとり、つまり王立マニュファクチュア、そしてその後国有企業を先取りする組織のトップに立つ産業管理者であるとさえ考えている。クールは、近隣のアングロサクソン諸国とは違ってフランスがつねに維持してきた「計画経済」政策によって、国家資本主義の種を蒔いたのである。また、フランスで永続的な税金徴収がおこなわれるようになったのも、シャルル七世の治世下においてのことだった。

一四四五年に開始されたフランスによるガレー船の冒険は、ジャック・クールが国家のために果たした役割を示す最も有名なものである。ヴェネツィア、トスカーナ、ジェノヴァは久しい以前からすでに、地中海東部沿岸のレヴァント地方に商館を置き、大規模な船団と支店や子会社の強固なネットワークを有していた。四隻のガレー船と、アレクサンドリアに唯一の商館を置いているだけのフランス王国とは比べものにならなかった。

ジャック・クールは、手をつけたどの分野でもそうだったように、何かを新たに生み出すということはなかったが、すぐに学び、全力を尽くした。彼は南フランスの町エーグ＝モルトに造船所を開設し、隣接するラットの港が再整備されたモンペリエ、次いでマルセイユに南フランス事業所を設立した。実用主義的なジャック・クールは、マルムーク朝スルターンのエジプトだけにターゲットを定め、ロードス島のみを寄港地とし、東洋で確かな価値のあるサンゴを、王の館の顧客を喜ばせるスパイスや贅沢品と交換した。要するに、すでにおこなわれていることを、記録的な速さで、当面の利益のためにおこなったのである。

商業という観点だけでなく、地中海におけるフランスの存在感を高めることは、政治的利益ももたらす。ジャック・クールは外交と通商という新たな相互作用の恩恵を享受する。エジプトのスルターンは、彼の代理人であるジャン・ド・ヴィラージュを公式大使として遇した。一四四六年には、ジャック・クール自身が最も重要なジェノヴァへの外交使節の役割を任された。ジェノヴァでは、フランスの統治に好意的な政党が結成されていた。翌年には対立教皇フェリクス五世の退位を交渉するためにローザンヌに派遣され、そのあとすぐに、新教皇ニコラウス五世の権威を強化するためにローマに派遣された。豪華に着飾ったフランス代表団は強い印象を与え、ジャック・クールは西方教会大分裂の最終的な終結の立役者のひとりのように思われたのだった。

最高の栄誉

一四四九年夏、国王がイングランド軍をノルマンディーから追い出すと決めたとき、ジャック・クールは二〇万エキュを惜しみなく差し出す。「陛下、私がもっているものはすべて陛下のものです」と彼は言った。危険な誓いだ。疲れ知らずのデュノワ伯が、ブルターニュ公を従え、かつてないほどの愛国心に駆られてこの勝利の作戦を指揮した。イングランドの支配下にあったノルマンディーでは、国民感情が爆発した。フランス軍は三か月後にルーアンを奪還する。シャルル七世が凱旋入場したとき、ジャック・クールは行列の絶好の位置についていた。国王にこれほど近づいたことはなかった。彼はまだ知らなかったが、彼はかつてないほど危険な状況に陥っていた。

国王は、フランス史上初の公妾とされる美しいアニェス・ソレルの腕のなかで勝利を味わっていたのかもしれない。アラバスターのような肌、アッシュブロンドの髪、澄んだ大きな目、ふくらんだ額をもつ彼女は、中世の美しさの典型だった。とてもおしゃれで、あらゆる種類の軟膏で肌の手入れをし、化粧をし、肩をあらわにしたデコルテのドレスで身を飾り、目がくらむほど大きなかぶり物を頭に乗せていた。彼女はとても信心深かったのだが、あからさまな身持ちの悪さに「娼婦性」があると考えるモラリストにとっては悩ましい存在だ。アニェスは宮廷のファッションに絶大な影響力をもち、国王の心を支配する。国王は彼女にたくさんの贈り物をし、ジャック・クールに最も高価な衣装を探させた。彼女は西洋で初めて、カットされたダイヤモンドのネックレスを身につけた女性だといわれている。ジャックとアニェスは友人となり、たぶん恋人となり、いずれにしても、美の女神アニェスがジャックを遺言執行者のひとりに任命するほど親しくなったのである。

一四五〇年にジャック・クールは、八年間の工事を経て完成したばかりの「グランメゾン」と同様に、栄光の絶頂にあった。今日ジャック・クールの宮殿として知られている豪華な大邸宅は、大胆さを備えたゴシック建築の傑作である。おそらくはイタリア旅行からインスピレーションを得たと思われ、ルネサンス建築の先駆けとなっている。装飾にはハートと貝殻が多く用いられ、有名なモットーが金文字で刻まれている。ステンドグラスの上にはガレー船が描かれ、この家の主人の冒険譚を彷彿させている。お金を使い果たした王国各地の領主から何年もかけて購入した二〇ほどの邸宅や城をすでに所有しているクールは、もっている富の大きさを都市のどまんなかで見せつけた。ブールジュにある彼の大邸宅は、フランスでかつて見られたあらゆる邸宅を超越している。だが残念ながら、彼がこの邸宅を利用する時間はほとんどないだろう。

城から城へ

一四五一年七月三一日、ジャック・クールはタイユブールの城で大逆罪により逮捕される。シャルル七世は彼の財産の没収を命じ、その過程で一〇万エキュを戦費として受け取った。しかしその九日前、国王は「国家維持を助けるために」トゥール硬貨七六二エキュを与えていたのだった。何が起きたのだろうか。事態は数か月前か、さらに前から準備されていた。その年の初めにアニェス・ソレルが亡くなったことがすべての始まりだった。彼女の死は、「成り上がり者」である敵がおもてに出てきて陰謀をはかるきっかけとなった。クールは、ジャンヌ・ド・ヴァンドームなる女と、イタリア人ジャック・コロンナを使って国王の愛妾を毒殺したとして告発された。ふたりともジャック・クールの債務者だった…。おそらく、ラ・トレモイユ一族などの敵対勢力に金で買われたのだろう。徒党が組まれ、彼の失脚に関心をもつ人物たちが結集する。国王の新しい愛妾アントワネット・ド・メニュレー、侍従のギヨーム・グフィエ、ドーマルタン伯爵アントワーヌ・ド・シャバンヌ、大蔵卿の職務が舞い込むことになるトゥールーズの財務官オットー・カステラーニなどだ。多くのハイエナたちは、彼女の莫大な遺産の分け前を得たり、評決がくだる前に借金が帳消しにされたりしていた。検察側証人たちが入口に殺到し、裁判は仕返しの場となる。

アニェス・ソレルは、たしかに謎に満ちた状況で三〇歳前に亡くなったが、証言はあやふやだった。告発はすぐに、通貨の不正取引、公金横領、不法利益など、財務の領域に移った。これらすべてにいくぶんか真実が含まれていた。ジャック・クールは完全無欠どころか、その逆だった。彼は当初から、貨幣についての不手際で罪に問われていたことが明らかになった。ビジネスにおける彼の出世はなんらかの軽率な行為なしには成し遂げられなかったかもしれない。実をいうと、この分野で聖人になるのは困難である…。会計が未発達の時代だったので、おそらく彼は不正を容認していたのだろう。彼はローヌ塩の塩税を何度か怠ったことを告白しなければならなかった。それほど重い罪ではない。ただし、彼の私事と国事は複雑に絡みあっている。そこが問題だった。彼は国庫の損害とひきかえに富をたくわえたとして非難された。明らかに、ジャック・クールは個人資金と国庫資金を混同していた。ドーヴェ検事は、王国中を巡って彼の資産目録を作成し、もつれを解きほぐす必要があった。クールの日記は、中世末期の貿易史に関する貴重な資料となっている。しかし彼自身は、自分の帝国を特徴づける無数の分岐のなかで道を見失ってしまった。

裁判官たちを前にして、クールはすべて説明できるという態度を示した。そして手続きは最高速度に移行する。ジャック・クールは城から城へと移送され、何度も拷問にかけられた。木製のブーツのような拷問具で足を締めつける凝った拷問さえ受けている。告発は一貫性がなく雑然と積み重ねられた。ラングドックでの公金横領、銀と銅の王国外への譲渡、サラセン人への武器売却、キリスト教信仰の棄教、そして数々の「大罪と呪文」など、テンプル騎士団の裁判を想起せずにはいられない。古い事件まで蒸し返されたのである。

ジャック・クールはスルターンのご機嫌をとるために、フランスに避難していたキリスト教徒の奴隷を送還することに同意した。明らかな過失と中傷が入りまじっていた。そしてつねに、お金はどこからもたらされたのかという疑問が背後につきまとっていた。彼のとてつもない財産は多くの疑いを抱かせた。ありあまる富には悪魔の力が働いているのではないかとさえ思われていた。彼は錬金術の秘法を知っていたのだろうか。賢者の石がこれほどの黄金を生み出したのだろうか。二〇世紀に、錬金術研究者フルカネリは、ジャック・クールを薔薇十字団の団員とみなし、ブールジュにある彼の邸宅を、秘教的シンボルがちりばめられた「錬金術屋敷」と紹介している…。

二年間近く拘留されていたジャック・クールは、妻マセの死を知らされた。心痛が彼女の死を早めたに違いない。一四五三年五月二九日にポワティエで判決がくだされ、死刑が宣告された。しかし、それまでの貢献を考慮して、罰は永久追放に減刑され、釈放の条件として天文学的な額である金三〇万エキュの罰金が課せられた。究極の屈辱は、失脚した大蔵卿が、「頭をむきだしにして頭巾もベルトもつけず、ひざまずき、火をつけた一〇リーヴルのろうそくのたいまつを手にもって」死刑台の上で非を認めて謝罪しなければならなかったことだ。偶然にも判決と同じ日、コンスタンティノープルがオスマン帝国の手に落ちた。彼はイスラム教徒に武器を売却した罪で告発されていたので、これは彼にとって状況を悪化させるできごとだった。

最後の抵抗

ジャック・クールは牢獄にとどまっているつもりはなかった。五〇歳を超えていたが、自分のモットーに忠実な彼は、一四五四年一〇月に信じがたいような状況で脱出に成功する。誠実なジャン・ド・ヴィラージュをはじめとする友人たちの協力で、彼は城から修道院へと逃走するが、まるで剣豪小説のように兵士たちが追ってきた。逃走するあいだに、忠実な仲間たちのおかげでわずかに残った財産をかき集めることができた。プロヴァンス、ピサ、そしてローマにたどり着くと、教皇ニコラウス五世から大歓迎を受けた。教皇は数年前にクールが外交使節として果たしてくれた役割を忘れていなかったのだ。新教皇カリストゥス三世がオスマン帝国に対する十字軍の話をもちかけると、ジャック・クールはすぐさまこの新たな冒険に乗りだす。自分の名誉を回復する必要を感じたのだろうか。教皇に恩義を感じたのか。それともたんに海からの呼び声に応えただけなのか。十字軍は、トルコ人からの脅威にさらされているジェノヴァ共和国のヒオス島をめざしていた。ジャック・クールは、組織と財政という自分の得意分野でできることをした。ヒオス島に到着した直後の一四五六年一一月二五日、彼はこの小さな島で亡くなった。死亡した状況はよくわかっていない。ロマンチックな伝説によれば、大砲の砲弾で負傷したとされているが、より真実らしく思われるのは、病気で亡くなったという説だ。彼が眠る教会はイスラム教徒によってその後破壊された。彼の墓の痕跡は何も残っていない。

だが彼の影はまだフランス宮廷に漂っていた。彼の死から一年後、シャルル七世はジャック・クールの財産のうちわずかではあるが、一部を彼の子どもたち五人に返還する決定をくだした。それは、彼の王国の奪還と再建に多大な貢献をしてきた人間に対する、名誉回復へのおずおずとした一歩だった。ジャンヌ・ダルクやジャック・クールのような救いの神に対する彼の忘恩を非難する声は多い。「よく尽くされた王」といわれるシャルル七世は、彼らがいなかったら、敵の意のままにされる弱小国の王のままだったかもしれない。ジャンヌ・ダルクについては、容易に恩返しができる状況ではなかった。イングランド軍の手から彼女を奪い返して火刑の炎から救うだけの力が彼にはなかったからだ。ジャック・クールに関してはそのような口実が見当たらない。国王にはこのような失権を防ぐ手段がもちろんあったのである。なぜ国王はそうしなかったのか。複雑な性格と移り気な気質の持ち主であるシャルル七世はおそらく、王国のより高尚な利益、つまり今日において国益と呼ばれるもののために、大蔵卿を犠牲にしたのだろう。ジャック・クールの敵は強力で数も多かった。国王は彼を支持することによる混乱を恐れたのだろうか？

クールは自分が必要不可欠な人間であるという態度を示していたが、実際には誰でもそうであるように、代わりがいないということはなかった。彼は煩わしい存在になってしまった。国王が彼から離れたのは、なんらかの不満があったからというよりも、シニカルな気持ちからだろう。大蔵卿クールは、目もくらむほどの財産を足がかりに、あまりにも高いところまで、あまりにも早く到達してしまった。太陽に近づきすぎれば、翼が焼けてしまう。のちに、ルイ一四世は大蔵卿フーケのヴォー＝ル＝ヴィコント城を見て憤慨し彼を失脚させているが、シャルル七世も、ジャック・クールの見事な邸宅を見て気分を害したのだろうか。ある意味では、傲慢《ヒュブリス》さが彼を破滅させたのであり、それは彼の大胆不敵なモットーから予想できたことかもしれなかった。

金融家たちの呪い

ジャック・クールは成功の代償を二回に分けて支払った。生前に支払った最初の代償である失脚は、厳しいもののように思われる。とがめられている罪と、国王のためにおこなったことは、しばしば一対をなしているからである。戦争中はすべてが緊急であり、すべてが強制的におこなわれた。例外的な状況には、例外的な手段が求められる。ジャック・クールは自分自身が定めた規則を破ることが可能だった。国家の偉大な奉仕者である彼が、その過程で自分に奉仕したのはたしかだ。だが堂々とそれをおこなったのではなかったか？　けっしてお人好しではなかったシャルル七世は長いあいだそれに目をつぶり、自身もそこから利益を得ていた。大蔵卿が国事と私事を無頓着に結びつけていたことは否定できない。しかし、利害の対立が生じたことはなかったと思われる。彼は、裏切ることも、敵に寝返ることも、プラグリーの乱で反乱勢力にくみすることもしなかった。もうけようとしたのではなく、自分の収入とすべてのエネルギーを王国のために注いだのだ。産業革命後の時代の、自分たちの繁栄だけを求めて利益をむさぼる、うさんくさい超国家的な起業家たちとは大違いである。

シャルル七世の後継者であるルイ一一世は、ジャック・クールの復権を認めることになるが、ジャック・クールがフランスの歴史のなかで中心的な位置を占めることはない。これが彼にとっての第二の制裁である。騎士道的な戦士たちが危険を冒せば勇敢さをたたえられるが、金融にかかわる男たちが危険を冒したとしても、けっしてたたえられることはない。歴史の殿堂から遠ざけられて、悲しい運命をたどった人々もいる。モンフォコンの処刑場で絞首刑になった、フィリップ四世端麗王の財務官アンゲラン・ド・マリニー、フランソワ一世の財務卿ジャック・ド・ボーヌなどだ。あたかも、偉大な財政家の呪いがあるかのようだ。それでも、百年戦争でのジャック・クールの行動は、ジャンヌ・ダルクによるオルレアンの解放と同じくらい決定的なものであり、コインの裏と表のようにたがいに補完しあっていた。ルイ一二世に戦争で勝利する鍵は何かとたずねられたときの、トリヴルツィオ元帥の言葉をどう考えるだろう。「三つのものが絶対的に必要です。第一がお金、第二がお金、第三がお金」。ジャック・クールはこの三つを、称賛に値するほどの魂をこめて提供したのである。

4

ルクレツィア・ボルジア

――天使か、悪魔か

「金髪のスペイン女であり、
無邪気にふるまう宮廷人であり、
ラファエロの描くマドンナの顔をしながらメッサリーナの冷酷で強欲な心を持っていた」
アレクサンドル・デュマ、『ボルジア家』（『ボルジア家』、田房直子訳、作品社）

人は生まれてくる家庭を選ぶことはできない。ルクレツィア・ボルジアは、反キリストとみなされることもあるほど当時の人にけなされていた教皇の娘である。彼女は、その残忍さと狡猾さでマキャヴェッリを唖然とさせた傭兵隊長、チェーザレ・ボルジアの妹でもある。このような血族をもつ彼女が、どうやって派手な名声から逃れることができるというのか。彼女はルネサンスの最も危険な女性、赤と黒のプリンセス、近親相姦者にして毒殺者とみなされている。金もうけ（Lucre）と乱痴気騒ぎ（orgie）、その名前だけで、波乱に富んだ展開が暗に伝わってくる。ローマが、豪華絢爛さに包まれながら、不品行や流血沙汰で満ちあふれていた時代が思い起こされる。オルシーニ家やコロンナ家のような貴族階級の旧家どうしがたがいに殺し合う、情け容赦のない世界。マフィア抗争のクァトロチェント（一五世紀）版だ。殺人者の影が、ボルゴ地区の暗い貧民街を滑るように進んでいく。大理石と漆喰で固められた宮殿では、聖杯にヒ素が混入されたすさまじい饗宴が開かれている。早朝のテヴェレ川に死体が流れているのは珍しいことではない。ルクレツィア・ボルジアは、邪な力にさらされたヴァチカンの富のもとで淫蕩にふけっていたといわれる。彼女はおかしな家族の最初の犠牲者だったのではないだろうか。ひとつ確かなこと、それは教皇の子どもであるのは楽ではないということだ。

カタルーニャの一族

ルクレツィア・ボルジアにはスペインの血が流れている。ヴァレンシアの古い王国の出身である彼女の先祖は、レコンキスタ（国土回復運動）の時期に貴族の地位を得て、ガンディア公領を受け継いだ。一三七八年生まれの大伯父アルフォンソ・デ・ボルハは、バレンシア司教だった。彼のおかげで、一族の運命はとてつもない飛躍を遂げる。アルフォンソは一四四二年、ナポリ王国征服に向かったアラゴン王アルフォンソ五世に随行してイタリアに到着する。その二年後、アルフォンソ・デ・ボルハは枢機卿に任命され、名前をラテン語化した。そして最初のボルジアとなった。一四五五年にニコラウス五世が死去すると、枢機卿たちは後継者についてなかなか意見が一致しなかった。オルシーニ家の支持者とコロンナ家の支持者の対立で、コンクラーベ（教皇選挙）は難航していた。このとき、鋭敏な外交センスがあり教会法を完璧にマスターしていたアルフォンソ・ボルジアが、コンセンサスを得られる人物として現れた。カタルーニャの枢機卿アルフォンソには二重の長所があった。ローマの諸派に対して中立であることと、年齢が七七歳だったことである。長く教皇位にとどまることはなく、対立するふたつの氏族は戦いの再開を待ちながら武器を磨くことができるだろうと思われたのだ。カリストゥス三世の名で教皇の座についたアルフォンソ・ボルジアは、実際わずか三年後に息を引き取った。それでも、ほとんど無名の一族だったボルジア家が教皇を輩出したことに変わりはない。そしてこれは始まりにすぎなかった。ボルジア家は永遠の都ローマでその根を広げていくのである。

カリストゥス三世はカタルーニャから何人かの家族、とくに甥でバレンシア新司教のロドリーゴ・ボルジアを連れてきた。彼は教皇の後ろ盾を得て、ローマ教皇庁の階段を難なく上っていった。大司教になり、一四五六年には枢機卿になったロドリーゴは、ローマ教皇に次ぐ聖職者の最高位である教皇庁副尚書の職務を得ている。とはいえ教皇の後ろ盾というだけでは、彼の輝かしいキャリアを説明するのに十分ではない。というのも彼は、四代の教皇たちのもとでこの職務を維持していたからだ。否定できない政治的才能があったということだ。彼もまた最高位を熱望するのだが、ことはそう簡単には運ばなかった。

ローマの貴族たちはローマ教皇庁を自分たちの縄張りとみなし、カタルーニャの一族を公然とマラーノ、つまり改宗を装ったユダヤ人呼ばわりをして軽蔑した。ボルジア卿は機をうかがいながら影響力を高め、ローマから七〇キロメートルほど離れたラティウムの山あいにある町スビアーコの共同修道院長といううまみのある仕事のおかげで資産を増やした。

スビアーコには、目立たないところにあるという、もうひとつの利点があった。彼の子どもたちは、ローマでの陰口が聞こえてこないこの地で静かに暮らすことができた。今日では驚くべきことに思われるかもしれないが、ボルジア卿は父親なのである。一五世紀には、多くの高位聖職者が罰せられることもなく女性と関係をもち、子どもをもち、自分の領地で王族のようにふるまっていた。ピウス二世はふたりの娘がいることをみずから認めていた…。ロドリーゴは血の気が多かった。おそらく少し多すぎた。ロドリーゴは魅力的な女性たちとの饗宴を楽しむ傾向があった。彼の愛人であるヴァノッツァ・カネタイは、マントヴァの小貴族出身の美しい女性であり、ローマのカンポ・デ・フィオーリ地区で食堂を経営していた。彼女はロドリーゴの子どもを四人産んでいる。男の子がチェーザレ、ファン、ホフレの三人、女の子がルクレツィアひとりである。ルクレツィアは一四八〇年四月一八日にスビアーコで生まれた。

美女と野獣

ルクレツィアは当時の貴族の若い女性にふさわしい教育を受けた。ラテン語とギリシア語の基礎を学び、音楽やダンスも習っていた。彼女は父親からとくにかわいがられた。娘が適齢期になれば利用できるということを父親は知っていた。しかもルクレツィアはとても美しかったので、なおさら結構なことだった。ブロンドの髪が肩にかかって波打っていた。整った顔立ち、顔の色つや、澄んだ瞳は人目を引いた。その名前と教養と生まれもった才能によって、ボルジア卿の娘の将来は約束されていた。あとはローマ貴族のきまりごとを覚えて教育のしあげをするだけだった。ルクレツィアはオルシーニ家の邸宅に出入りしていたので、適切な指導を受けていた。ロドリーゴの従姉妹であるアドリアーナ・ダ・ミラは、オルシーニ家のひとりと結婚して息子オルシーノ・オルシーニをもうけていた。ルクレツィアは、オルシーノの妻で「ラ・ベッラ」と呼ばれるジュリア・ファルネーゼと親しくなった。当時ジュリアは最も美しい女性といわれていた。五歳年上のジュリアは、ルクレツィアに美の秘訣や、若い女性が男性について知っておくべきことをすべて教え、この分野の早熟な知識をひけらかした。ロドリーゴ・ボルジアのような性的怪物がこうした側面を見逃すことはなかった。「ラ・ベッラ」は一五歳、太鼓腹の枢機卿は六〇歳近かった…。彼女はすぐに愛人となって、ルクレツィア・ボルジアの母親であるヴァノッツァ・カネタイに取って代わる。ヴァノッツァはしだいに忘れ去られていった。こうした不謹慎な状況にもかかわらず、ルクレツィアは父親の新しい愛人と親友であり続けた。

不謹慎であり、あいまいな関係である。というのも、それまでボルジア卿は公式にはルクレツィアとその兄弟たちの父親ではなかったからだ。彼はただの親切な伯父としてふるまっていた。愛人よりも輝かしい地位を与えるため、ヴァノッツァに正式の夫を見つけることさえした。しかし誰もだますことはできない。ロドリーゴが父親であることは公然の秘密であり、ローマ中が彼をあざ笑った。ボルジア卿は意に介することなく、自分の子どもたちが頭角を現すために何でもした。それがのちにネポティズム（縁故主義）の批判を招くことになる。彼はヴァチカンの丘に立つローマ教皇庁に隣接するサンタ・マリア・イン・ポルティコ宮殿を手に入れ、ルクレツィアはここでジュリア・ファルネーゼとともに幸福な日々を過ごした。一四九二年七月二五日に教皇インノケンティウス八世が世を去ると、ロドリーゴは今度は自分の順番だと思った。来たるべきコンクラーベは、彼が選出される最後のチャンスだった。

「ハベムス・パパム［われら教皇を得たり］」

一四九二年はなんという年だろう！　年明け早々大きなできごとがあった。一月二日、レコンキスタはグラナダ陥落により終結した。コンスタンティノープル陥落から四〇年後に、キリスト教徒はイスラム教徒への雪辱を遂げた。ミケランジェロが、ロレンツォ・デ・メディチの依頼で「ケンタウロスの戦い」をカッラーラの大理石に彫刻したのもこの年だが、ロレンツォは同年四月九日に亡くなった。ルネサンスは最盛期を迎える。八月三日、パロス・デ・ラ・フロンテーラの港で、クリストファー・コロンブスが三隻のカラベル船の帆を上げた。彼は、そうとは知らずに未知の大陸へと向かう。そしてキリスト教世界にはすでに新しい風が吹いていた。というのも、八月一一日、ロドリーゴ・ボルジアがアレクサンデル六世の名で教皇の座についたからだ。神の思し召しと、なにがしかの賄賂によって…。コンクラーベの結果は、当然あってしかるべき結末とはほど遠いものだった。彼は、カタルーニャ出身者をまた選ぶことに消極的なイタリア人枢機卿たちを説得しなければならなかった。ロドリーゴ・ボルジアは、最も頑強な敵であるジュリアーノ・デッラ・ローヴェレ枢機卿の小細工に対して、現金という説得手段を見いだし、自分の財産や自分のものではない財産、つまり教会の財産を贈ることをためらわなかった。こうしてスビアーコの実入りのいい教会はコロンナ家の手に渡った。新教皇は、聖職売買と呼ばれるこうした聖職者の腐敗を、その後も非難され続けることになる。

この尋常ではない年は、一二歳になったルクレツィアにとって、気ままな暮らしに別れを告げる年となった。今やアレクサンデル六世となったロドリーゴ・ボルジアは、四人の子どもを公式に認めることで曖昧さを解消した。教皇冠をかぶっている父親を見るのは、若い娘にとってどれほど影響力があることだろう！　彼はキリストの代理者であり、地上のすべての王たちを統率する選ばれし者である…。このことが状況を一変させた。ルクレツィアはあるスペイン貴族と婚約し、それが破棄されたあと別のスペイン貴族と婚約していたが、その婚約も突然破棄された。アレクサンデル六世には別の考えがあったのだ。イタリア半島はライバル関係にある公国や都市に分かれていたので、求婚者には事欠かなかった。北部のミラノ公国やヴェネツィア共和国、南部のナポリ王国がとくに候補として際立っていた。この巨大なチェス盤の中心にいる教皇が財産として所有しているのは、強力な隣国に挟まれ、ねらわれている領土のみだった。教皇の霊的教導権は限定された軍事的手段を補うものではない。教会法が必ずしも大砲の力より重要視されるわけではない。「教皇は師団をどれくらい保有しているのか?」と、ずっとのちにスターリンは発言している。ローマでも、教皇庁でも、教皇は敵に囲まれている。恐るべきデッフ・ローヴェレ枢機卿は、ことに聖職売買を理由に彼を退位させるため、連合を組織しようとしている。つねに機会をうかがっているオルシーニ家とコロンナ家は、ローマでの支配権を拡大することだけを夢見ている。教皇は、いざというときに逃げ込む場所を確保しておくために、強固な同盟関係を築く必要がある。その目的において、かなめとなるのが娘のルクレツィアだった。

アレクサンデル六世は、ミラノ公国を支配していたスフォルツァ家を選んだ。それにはいくつかの理由があった。第一の理由は、アスカニオ・スフォルツァ枢機卿の票が選出される決め手となったことだ。その見返りとして、スフォルツァ枢機卿は教皇庁副尚書の地位を得た。第二の理由は、ミラノ公国がナポリ王国の最も手強い敵であったことだ。ナポリ王国は教皇がその影響力を抑制したいと考えているアラゴン王国の支配下にあった。最後の理由は、スフォルツァ家がフランス王国と同盟を結んでいたことだ。教皇は、当時のヨーロッパで最大の強国であるフランス王国が、教皇の領分を侵しにくるのではないかと考えていた。たとえフランスが教会の長女だとしても、自分に忠実な男を教皇の座にすえようとしておかしな行動をとるということもあり得るからだ。教皇に取って代わろうとしているフランスびいきのジュリアーノ・デッラ・ローヴェレ枢機卿が、その男ではないのか？　つまり、すべてがスフォルツァ家を選択するということにつながっていた。ただし、ミラノにいるスフォルツァ家の男性はすべて既婚者だった。そこで教皇はやむなく、アドリア海沿岸にある伯爵領、ペーザロの領主ジョヴァンニ・スフォルツァを選んだ。

一三歳のルクレツィアは、自分の二倍ほどの年齢の男と結婚することに気乗りがしなかったに違いない。だが、この結婚はそれほど悲劇的なものではないし、この男性は魅力的であり、何よりも、ペーザロ伯爵夫人として人生を送ることができる、と説得されたのだった。結婚式は一四九三年六月一二日にヴァチカンで執りおこなわれた。夫婦は、年月を経てたがいに慣れ親しむようにと教えられた。新婚旅行のあと、一四九四年六月八日、ルクレツィア・ボルジアは付き添っていたジュリア・ファルネーゼとアドリアナ・ダ・ミラとともに、どしゃ降りの雨の中ペーザロに到着した。町の名士たち全員が伯爵邸で彼女を待っていたが、彼女は現れなかった。ローマの美女たちは夜を徹して髪を乾かしていたのである。ようやく公式の紹介がなされたとき、廷臣たちは気高くてしかも大金持ちである教皇の娘に目を奪われた。彼女は、相当な額である三万一〇〇〇ドゥカートの持参金に加え、およそ一万ドゥカート分の輝く宝石や豪華な衣装をもってきた。ペーザロではこれまで見たことがないものだった。実をいえば、熱狂していたのは一方だけだった。ローマの宮殿の豪華絢爛さに慣れていたルクレツィア・ボルジアは、田舎の伯爵領で窮屈さを感じていたのである。

急変

一四九四年一月二五日、彼女の日常があるできごとによってかき乱される。ナポリの老王フェルディナンド一世（ドン・フェランテ）が息を引き取ったのである。するとフランス王シャルル八世は、アンジュー家の相続を理由に、ナポリ王国に対する権利を主張することにした。フランスの同盟者であるミラノのスフォルツァ家は、最大の敵であるナポリのアラゴン家を屈服させることを望んでいたので、これを歓迎した。だが教皇は快く思っていなかった。彼は自分の管轄下にある国々や自分の椅子の心配をしていた。彼の敵であるデッラ・ロヴェーレ枢機卿は、フランスの侵攻を公然とたたえて教皇庁に恩を売ろうとしている。ドミニコ会の説教師サヴォナローラは、まさに「神の剣」が不敬虔な民衆の上に振り下ろされるのを見た。彼の終末論的な説教は、長らく集団的苦行を強いられていたフィレンツェの人々を魅惑し、宝石、ドレス、絵画をかがり火で燃やす虚栄の焼却がおこなわれるまでになった。教皇は、卵をひとつの籠に盛らないように、つまり万一にそなえて、末息子ホフレとナポリ王国のサンチャ・ダラゴーナを結婚させたばかりだっただけに、なおさら心配が募った。微妙な問題だった。イタリアの脆弱なバランスがくずれる恐れがあった。恐るべき大砲を後ろ盾にしたフランス軍は、ロードローラーのようにイタリア半島をなぎ倒して略奪や虐殺にふけっている。イタリア人は、中世の騎士道の原則を踏みにじるこの新たな野蛮人に脅かされていた。フランス軍の猛攻は、ナポリに到達する前に避けては通れない、ローマに向かっている。パニックだった。教皇は娘のルクレツィアに、ペーザロを離れてローマに来るよう求めた。

教皇は、自分と同様に二股をかけているスフォルツァ家との同盟を破棄することを考えていた。スフォルツァ家もまた、自分たちをのみ込む恐れがあるフランス軍の侵攻を阻止できないことを認めていた。シャルル八世の軍勢は一四九四年一二月三一日にローマに入城し、一月いっぱいローマを占領した。教皇は、ルクレツィアとジュリア・ファルネーゼとともにサンタンジェロ城に避難した。行動しなければならない。アレクサンデル六世は、砲撃があれば自分はローマの貴重な聖遺物である聖ペテロと聖パウロの頭部、そして聖ヴェロニカのヴェールを供えた聖体顕示台を振りかざして城壁に姿を現すだろう、という噂を広めた。キリスト教徒であるフランス国王を怖じ気づかせ、交渉のテーブルにつかせるためだ。教皇はナポリ王への叙任をしぶしぶ彼に約束し、誠意を示すために息子のチェーザレを人質とした。ナポリ遠征の第一幕は成功したのだ。しかしすぐに風向きが変わった。アラゴン王家を支援するため、一四九五年に教皇の勧めで、ヴェネツィア共和国、神聖ローマ帝国、そして変わり身の早いミラノ公国が、神聖同盟と呼ばれる反フランス連合を結成したのである。教皇には失うものが何もなかった、息子のチェーザレは逃げ出すことができた。フランス軍はぎりぎりのところで神聖同盟の包囲網から抜け出し、アルプスを越えて撤退し、被害を一定限度内にくい止めた。そしてアラゴン家はナポリ王の座を取りもどし、試練から立ち直った。そして教皇は同盟関係を全面的に見直した。今度は、ミラノではなくナポリに賭けたのだ。ルクレツィアの夫ジョヴァンニ・スフォルツァは邪魔者となった。

教皇とチェーザレは当初、彼を暗殺しようと考えていた。少なくとも、その噂を広め、それがルクレツィアの耳にも届いた。人のよいルクレツィアが急いで夫にそのことを知らせたので、ジョヴァンニはその夜のうちに大急ぎでローマを離れた。伝説によれば、彼は休むことなくペーザロまで馬を走らせ、市の城門で自分の馬が疲労死するほどだったという。残る解決策は離婚であった。一五世紀末において結婚の解消は一筋縄ではいかなかった。ただし、教会法にはいくつかの例外がもうけられており、そのなかには結婚の未完遂というものがあった。つまり、ジョヴァンニ・スフォルツァが妻と夫婦の営みをしなかったことを証明する必要があるということだ。そこで教皇は彼に、性的不能者であると認める宣誓書に署名するよう求めた。彼は自分がヨーロッパ中の笑いものになるとわかっていたので、これに抵抗する。ジョヴァンニは、一族の当主でイル・モーロ（ムーア人）と呼ばれているミラノ公ルドヴィーコ・スフォルツァに助言を求めたが、ルドヴィーコは、証人たちの前で妻と寝て性的能力を証明するという、少なくとも常識はずれの弁護手段を提案してきた。ジョヴァンニはルクレツィアにこのような屈辱を与えるつもりはなかったし、おそらく彼は義父には逆らえないと考えたのだろう。彼は絶望にかられて宣誓書に署名した。ルクレツィアとナポリのアラゴン家という反対陣営との、新たな結婚への道が開かれた。

連続殺人事件

家族の陰謀に疲れたルクレツィアは、サン・シスト修道院に安らぎの場を求めるが、彼女の苦労はまだ終わったわけではない。彼女は修道女になろうと思っていた。その気持ちは偽りではなかった。修道生活は彼女にふさわしかったが、それはまだ彼女の運命ではなかった。教皇は娘と連絡を取ることができないことに不満を感じていた。部下を派遣して修道院の門をたたかせたが、修道院長はかたくなに拒んだ。「神のしもべの聖域を侵すなど論外です。たとえ地上の代理人の命令であろうと」。

そのころ、ルクレツィアのふたりの兄は昇進を遂げていた。バレンシア司教に任命されたチェーザレは、不本意ではあったが父の意向に従って枢機卿に昇進した。熱気あふれる若者である彼は、むしろ自分が軍職に向いていると感じていた。彼は聖年にサン・ピエトロ広場で闘牛が開催されたとき、剣の一撃で雄牛の首を切り落としたといわれている。しかし、アレクサンデル六世がガンディア公領を託したのはお気に入りの息子フアンであり、彼はローマの長官、教会のゴンファロニエーレ（旗手）という誰もが欲しがる称号も与えられた。道楽者で好色漢のフアンは、父親そっくりだったが、慎重さが欠けていた。一四九七年六月一五日の夜、彼は晩餐会のあと、母ヴァノッツァの宮殿を出た。彼は友人たちに挨拶し、「ちょっとした気晴らし」で宴会の続きをしたいからと夜の闇に消えていった。その翌日、心配した教皇が市内全域を探させたが、彼は見つからなかった。現実を悟った彼がテヴェレ川を捜索させると、九か所の刺し傷のある若者の遺体が引き上げられた。アレクサンデル六世は悲しみに打ちひしがれた。ヴァチカン中に彼のうめき声が響き渡った。捜査はなかなかはかどらない。唯一の証言は、テヴェレ川に係留された船の積み荷を監視する役目を負っていた船頭の証言だった。彼は真夜中に、ふたりの従者を連れ、馬に乗った男が、鞍に死体を乗せているのを見たといった。おそらく男たちは死体をかつぎ上げ、おもりをつけてテヴェレ川に投げ込んだあと逃走したのだろう。なぜ兵士たちに知らせなかったのか、と捜査官たちにたずねられた船頭は、死体が投げ込まれるたびに気にかけていたら、しょっちゅう仕事を中断しないといけなくなりますから、と殊勝げに答えた。

手がかりはわずかだった。教皇は貴族たちをひとりひとり疑った。なぜならこれが卑しい者による犯罪でないことは明らかだったからだ。発見されたファンの遺体は衣服を剥ぎ取られてはおらず、大公らしい身なりのままだった。これは名誉殺人、つまりファンにはいつものことだった秘密の恋愛の、暴力による決着だったのかもしれない。一時は教皇に疑われたスフォルツァ家だったが、最終的に嫌疑は晴れたように思われる。犯罪によって利益を得たのは誰だろう？　オルシーニ家は、自分たちの特権だと思っていたローマの長官という役職にファンが任命されたことで明らかに気分を害していたので、犯人である可能性が最も高い。偉大なマエストロについて語る者もいるが、その名は明かさない方がよい。チェーザレ・ボルジアの名もささやかれていた。ファンを排除して、父親の戦力としての役割を自分のものにしたかったのだろうか。それはまさに現実のこととなる。ファンの遺体が発見された一年後のほぼ同じ日、彼は枢機卿の地位を放棄した史上初の高位聖職者となったからだ。証拠がないため、スキャンダルをもみ消したかった教皇は、事件を処理済みとすることにした。

その間、ルクレツィアはサン・シスト修道院にこもったままだった。彼女は何も知らなかった。父親はようやく、ペロットというあだなで呼ばれるペドロ・カルデロン教皇副侍従を通じて娘と連絡をとる方法を見つけた。ペロットは不幸な知らせを伝えなければならなかった。兄の死を悲しんだルクレツィアは、若い使者の腕のなかで悲しみを忘れ、一四九七年に彼の子を宿した。それを聞いたチェーザレは怒り狂う。彼はヴァチカンでペロットを教皇座まで追いかけていき、教皇の目の前で彼を短剣で突き刺した。伝説によると、彼の法衣には血のしみが斑点のようについていたという。彼の死体は、多くを知りすぎたに違いないルクレツィアの小間使いペンテシレイアの死体とともに、テヴェレ川に片づけられた。この妊娠がボルジア家にとってつごうの良いものではなかったのは事実だ。最初の夫であるジョヴァンニ・スフォルツァとの離婚手続きの最中だったので、ルクレツィアはこの件の審査を担当する枢機卿法廷に出廷しなければならなかった。妊娠八か月で修道院から出てきた教皇の娘は、自分がまだ処女であることを名誉にかけて誓わなければならない。侍女たちが彼女のドレスにひらひらとした飾りをたっぷりあしらったので、法廷の審査官たちの目を欺くことができたということは信じなければならない。枢機卿たちは、まもなく司祭職から離れることになる同業者、チェーザレの激怒を何よりも恐れていたのである。

子どもについては、ルクレツィアの再婚の交渉を進めるうえで邪魔になるため、母親から引き離された。教皇は、教会法に精通しているにもかかわらず、驚くほど不器用な事務的策略でこの問題にけりをつけた。彼は二通の教皇勅書を立て続けに出している。一通目の文書は、この子どもの父親は息子チェーザレであり、彼とローマの女性との子であると公に認めるものだった。二通目の文書は秘密扱いで、この子どもにボルジア姓を名乗らせるというものだった。二通目の文書は一五一七年に破棄されるが、ボルジア家内で近親相姦がおこなわれているという噂を広めることになった。その子はジョヴァンニという名で洗礼を受けるが、インファンス・ロマーヌス、つまりローマの子どもとして人々の記憶に残ることになる。ローマ市民であれば誰でもルクレツィアと寝ることができると思わせる怪しげな呼び名である。とにもかくにも、離婚は成立する。ナポリのアラゴン家の王子との結婚を妨げるものはもうなかった。

ヴァチカンの大罪

ボルジア家は、アラゴン王でビシェーリエ公、サレルノ大公でもあるアルフォンソ・ダラゴーナに白羽の矢を立てる。ルクレツィアは相変わらず発言権をもっていないが、この選択は彼女にふさわしかった。ナポリ王アルフォンソ二世の庶子であるアルフォンソは、一七歳の若者で、容姿端麗だった。結婚式は一四九八年七月二一日にサンタ・マリア・イン・ポルティコ宮殿で執りおこなわれた。ふたりは仲むつまじく暮らした。流産後すぐに一児を授かると、ふたりの結びつきは確かなものとなった。だがすぐに国家的理由によって、このつかのまの幸せに支障が生じることになる。またもやフランス軍が邪魔に入るのである。ルイ一二世がシャルル八世の跡を継いでフランス国王になると、彼はナポリ王国を征服する計画を踏襲し、さらにその途上にあるミラノ公国についても、祖母ヴァランティーヌ・ヴィスコンティの血筋を理由に領有権を主張する。アレクサンデル六世とフランス国王は、今回は合意点を見いだすことができた。フランス国王は、自分に嫌悪感しか抱いていない妻のジャンヌ・ラ・ボワトゥーズ（ジャンヌ・ド・フランス）をなんとしても追い出したいと思っていた。教皇はその手続きを助けることができた。一方、チェーザレ・ボルジアは、フランスの公女シャルロット・ダルブレとの結婚の承諾と、ヴァランティノワ公領を得た。それ以後彼はルイ一二世の軍隊に同行し、その後、軍事技術者レオナルド・ダ・ヴィンチとともにみずからロマーニャの征服を開始する。一方、アルフォンソ・ダラゴーナは、意見をがらりと変える教皇の厄介な性格を知っていたので、教皇とは距離を置き、ナポリに避難した。ルクレツィアの夫は邪魔な存在となった。歴史は繰り返すことになる。

アレクサンデル六世はルクレツィアを夫から遠ざけるため、ローマとウンブリア州ペルージャとのあいだに位置する要塞都市スポレートの総督に彼女を任命する。そもそも教皇は、教皇領の利益を守るために自分の親族しか信用しなかった。ルクレツィアはその若さにもかかわらず、期待以上に政治的権威を示し、健全な行政運営をおこなった。彼女がその任務をみごとにこなしたので、アレクサンデル六世は、自分が視察旅行に出るときには彼女にヴァチカンの管理を託すほどだった。実のところ女性が教皇庁のトップに立つのは前代未聞であり、異様なことでもあった。ルクレツィアは典礼にかかわることを管理する立場にはなかったが、郵便物の内容を確認し、日常業務を迅速に処理するのは彼女だった。こうしたあからさまなネポティズムは、教皇庁内部からの不満を招かずにはいなかった。ある日、ルクレツィアから公式の活動について相談されたリスボン枢機卿は、「あなたはペンしか持っていないのですか?」といった。イタリア語のペンナとペネ、つまり羽ペンと陰茎の露骨なかけことばで言い返したのだ。

それでアルフォンソ・ダラゴーナの運命にけりがついたというわけではない。性的不能という茶番劇をまた演じることはできない。今回、ボルジア家は真正面から行動を起こすことはなかった。だが一五〇〇年六月、ローマに来ていたサレルノ大公アルフォンソに罠が仕掛けられた。家族での祭礼のあと、不幸にも彼は従者とともにヴァチカンの近くに足を踏み入れてしまう。眠ったふりをしていたニセの巡礼者たちがいっせいに立ち上がり、アルフォンソたちに襲いかかった。頭にけがを負ったアルフォンソは、血まみれになって倒れこんだ。ふたりの従者たちが彼をヴァチカン宮殿までなんとか引きずっていき、そこで、ルクレツィアと、アルフォンソの姉サンチャ・ダラゴーナが懸命に応急手当をおこなった。命をとりとめたアルフォンソは巫女の間に寝かされた。ルクレツィアは昼も夜も枕元で容体に気を配り、毒殺を恐れて食事の味見をし、部屋の入口には一六人の護衛を配置した。ある晴れた日、回復に向かっていたアルフォンソを見舞いにやってきたチェーザレは、「昼食でできなかったことは夕食でなされるだろう」という殺人者の言葉を耳元でささやく。

一か月後、ある男が宮殿に姿を現わした。チェーザレの腹心の部下で、一族の汚れ仕事を受け持ち、細ひもでの殺人を専門とする不気味なミケロット・コレッラだった。部屋に入ると、彼は建物を調べるよう求め、あろうことか、陰謀の噂があると告げた。ルクレツィアとサンチャは結束して陰謀に立ち向かおうとする。ミケロットはふたりに教皇の指示をあおぎに行かせた。彼女たちは罠にかかったのだ。急いでもどってきたとき、廊下はひどい混乱状態にあった。アルフォンソは床に横たわり、即死していた。不慮の事故だったという話だったが、誰もだまされなかった。チェーザレが、たんなる儀礼訪問でミケロットのような男を送ってよこすとは考えにくい……。ボルジア家の支配下にあったヴァチカンはけっして安全な場所ではなかった。アルフォンソの死に動転したルクレツィアは、ネピの峻厳な要塞で喪に服し、すべての手紙に「ルクレツィア・ボルジア、とても不幸なサレルノ大公妃」と署名し、念入りに線を引いてこの称号を消した。わずか三年のうちに、彼女は兄弟、恋人、そして夫を亡くした。相次ぐ不幸な事件には、チェーザレの名がなんらかの形で関わっていた。絶え間ない喪の悲しみから立ち直る間もなく、彼女の父親は三度目の結婚を押しつけてきた。

喜びのとき

求婚者の名は、またもやアルフォンソだった。イタリアで最も古くて権威のある王朝のひとつで、フェラーラ公国の支配者として君臨するエステ家の出身だった。父親のエルコレ一世・デステは、教皇アレクサンデル六世との厳しい交渉に臨んだ。「カタルーニャの庶子」ルクレツィアには不都合な噂が流れていたため、結婚の候補者たちに敬遠されるようになっていたからだ。公爵は持参金をつり上げ、二〇万ドゥカートという法外な額を要求する。ルクレツィアはアルフォンソ・デステとの結婚に乗り気だった。彼女は交渉に加わり、フェラーラがヴァチカンに支払う貢納金を減額させた。かけひきをきっぱりとやめたことで彼女は自信をつけていた。フェラーラの密使たちは、父親の不在時に教皇領を取りしきっていたときに、彼女の政治的才能をその目で確かめることができた。ルクレツィアに好意的なフランス国王のとりなしで、エステ一族は結婚を認める。一五〇一年八月二六日、アルフォンソとの夫婦財産契約が代理人によって署名された。ルクレツィアは一五〇二年二月二日にフェラーラに入った。彼女はついに自分の公国とその首都、ポー川のデルタ地帯にある宝石のような要塞都市を見いだした。フェラーラの何千人もの人々が新しい公爵夫人を物珍しそうに迎え入れた。まだ二一歳だったルクレツィア・ボルジアには多くの誹謗中傷がついてまわり、その噂が一足先に伝わってきていた。しかし、身持ちの悪い性悪女と噂されていた彼女が白馬に乗って現れると、その輝くばかりの威厳ある姿に群衆はすぐに魅了され、歓喜の声を上げた。町では一週間にわたって祝宴が繰り広げられた。

ルクレツィア・ボルジアはフェラーラでようやく、穏やかで霊的なものが好きな洗練された公爵夫人という、彼女らしい姿を示すのである。彼女のまわりには審美家、音楽家、学者、画家などのとりまきたちがいた。しかし公爵夫人が庇護したのは、なんといっても文士たちだった。詩人アリオストは、叙事詩『狂えるオルランド』〔脇功訳。名古屋大学出版会。二〇〇一年〕のなかで、ルクレツィア・ボルジアを当時最も有名な八人の女性たちのうちの第一位に挙げている。人文主義の詩人で、のちに枢機卿となるピエトロ・ベンボは、イタリア・ルネサンス文学の主要作品である『アーゾロの談論』〔仲谷満寿美訳。ありな書房。二〇一三年〕に献辞を書いて彼女に捧げている。公爵夫人はベンボと恋愛関係にあると思われていた。実際は純粋に知性的な愛であり、精神の交流が頻繁な手紙のやりとりとなって現れている。プラトニックなものであったとしても、この関係はもうひとりの詩人で、ルクレツィアの腹心の友であるエルコレ・ストロッツィの暗殺によってけがされた。ストロッツィはピエトロ・ベンボの高揚した手紙を運ぶ役目を引き受けていたに違いない。殺害者あるいは殺害依頼者の素性は明らかになっていない。

アルフォンソ・デステ公爵との関係は愛情のこもったものだったようだ。いずれにしても、ルクレツィアには得るところが多かった。公爵夫人は妊娠を繰り返し、合計七人の子どもをもうけ、四人が成人に達している。長男は、アルフォンソが亡くなると、フェラーラ公爵エルコレ二世・デステとなる。彼はフランス王ルイ一二世の娘ルネ・ド・フランス（レナータ・ディ・フランチャ）と結婚することになる。エルコレ二世とルネの息子は、エステ家の統治権をもつ最後の公爵となるアルフォンソ二世である。ルクレツィアの次男イッポーリトは、大司教、枢機卿となって、ボルジア家の伝統に忠実な経歴をたどる。模範的な母親であるルクレツィアは、アルフォンソの不在中には公爵領の管理を巧みにこなす、尊敬される公爵夫人でもある。宮廷では毎年、保養地にあるデリツィエ（美食）と呼ばれる公爵の邸宅を夏の別荘にしていた。そこでは田舎らしい雰囲気の祝祭が開催され、詩人たちが二度の祝宴の合間に詩を朗読する。多くの苦難を経て、ルクレツィアはようやく日の当たる場所を見つけたのである。

一五〇三年、父である教皇が、みずから犯した罪に罰せられて服毒死した。自分を招待したコルネートの枢機卿に飲ませるために持参した毒薬カンタレラを、誤って飲んでしまったらしい…。家長を失ったチェーザレ・ボルジアは、永続的な闘争を余儀なくされる。一五〇七年、ナヴァラ王国で伏兵に囲まれ、剣で刺されて死んだ。ルクレツィアは悲しんだが、それでもおそらく彼らがいなくなってほっとしたことだろう。ボルジア家はもはや誰にとっても脅威ではない。彼女自身も、もう一族の策略を恐れることはない。誰もが心からの愛着を示してくれるフェラーラ公国で、晴れやかな日々を送ることができるのだ。

多くの苦難を経て、ルクレツィア・ボルジアは、謙虚さと敬虔さをもって人生の最終段階を迎える。アッシジの聖フランチェスコの清貧の理想に忠実なクララ会修道女たちが共同生活を営むコルプス・ドミニ修道院で、彼女はたびたび黙想をおこなった。フェラーラ公爵夫人は、世俗生活を送りながら修道会の規律に従う信徒である、第三会員にもなっている。家族としての義務や政治的義務のために、彼女は正式の修道女にはなれなかった。そのため修道院内での禁域生活を送ることはできないが、苦行衣を身にまとっていた。美しい髪を剃り落とし、最も高価な財産である毛皮や宝石を手放し、それを貧窮者と公国の財源のために売った。彼女はこの世の虚栄心を放棄した。ボルジア家の華麗さは過去の思い出に過ぎなくなった。これを、家族の罪を償うための悔悟の形と見るべきだろうか。おそらくそうだろう。

度重なる妊娠で疲弊したルクレツィアは、産褥熱にかかり、最後の出産は試練となった。息も絶え絶えに、小さな女の子イザベルを産む。最期が近づいているのを感じながら、彼女は遺言書を思わせる悲痛な手紙を教皇レオ一〇世宛てに書いている。「私は罪深い者ですがキリスト教徒として、あなた様の至福におすがりし、ご慈愛により霊的な宝をお引きだしくださり、聖なる祝福を通して私の魂に安らぎをお与えくださいますようお願いいたします」。アルフォンソ・デステは昼も夜も彼女の枕元で見守った。救いを得るためのミサもおこなった。フェラーラの人々は皆、愛する公爵夫人のために祈った。一〇日間の苦悶の末に、ルクレツィア・ボルジアは一五一九年六月二四日、三九歳で世を去る。彼女はゆかりの深いコルプス・ドミニ修道院に埋葬された。修道衣を身につけた彼女の亡骸は、フランシスコ会の流儀で地中にじかに置かれ、簡素な墓石で覆われた。生まれつき虚弱だった小さなイザベルは、わずか二年後に、母のあとを追った。人々は墓の板石を開き、イザベルの亡骸を亡き公爵夫人の腕の中に安置した。

美しく忌まわしい者たち

彼女の人生についての歴史的記述では、ルクレツィア・ボルジアは、家族や臣民のために尽くした女性、威厳があり謙虚で敬虔で愛情深く、そして愛された女性として描かれている。では彼女の忌まわしい評判はどこから来ているのだろうか。そうした評判は彼女が生きているときからあった。彼女の黒い伝説の布石を打ったのは、不運な最初の夫ジョヴァンニ・スフォルツァである。強制されて署名した性的不能の宣誓書によって傷つけられた彼は、妻が自分から奪われたのは、「教皇が自分の娘と肉体的快楽にふけることを望んだからだ」という噂を広めて復讐する。「ローマの子ども」事件は、この噂をさらにかきたてることになった。栗の宴会、あるいは五〇人の娼婦の宴会という名で後世に伝わるもうひとつのスキャンダルも、うわさ話の種となっている。一五〇一年一〇月三一日にチェーザレがヴァチカン宮殿で開催した祝宴が、乱交パーティーに変わったというものだ。イヴの扮装をした娼婦たちが、チェーザレの兵士たちに尻を見せるために、四つん這いで床の栗を食べるよう要求された…。几帳面なヨハン・ブルヒャルトはその日記のなかで、チェーザレだけでなく、教皇その人、そしてなんと娘のルクレツィアもこの下品な宴会に出席していたと書いている。しかしブルヒャルト自身はこの宴会に出席していなかった。しかし何よりも、ルクレツィアとアルフォンソ・デステの結婚のための交渉がおこなわれている最中に、アレクサンデル六世が娘をそのようなことに巻き込む危険を冒すとは考えられない。ヴァチカンにはフェラーラのスパイが大勢いたのである。

ボルジア家が政治の舞台から姿を消すと、陰険な中傷もなりをひそめる。恐るべきデッラ・ロヴェーレ枢機卿がついに目的を達しただけになおさらだった。一五〇三年一一月一日、彼はユリウス二世として教皇の座につく。執念深い人々は、これを機に意趣返しをする。フィレンツェの外交官グイチャルディーニは、ボルジア家出身の教皇の才能を認めてはいたが、それについて次のように判断している。「低劣な素行によって才能がかすんでしまっている。不実で、恥知らずで、狡猾で、油断がならず、信仰心がなく、飽くなき貪欲に支配され、野心にかられた彼は、野蛮なまでに残酷で、庶子たちの出世だけを望み、そのためにすべてを犠牲にする覚悟があった」。一六世紀に、かつてアレクサンデル六世によって家族の所領を奪われたイタリアの枢機卿シルヴィオ・サヴェッリは、コーロッパ中の宮廷に誹謗文書を流布させた。彼はその中で次のように非難している。

神とすべての人間の良識に逆らって、ヴァチカンで公然とおこなわれている異常な淫乱行為の話を耳にして憤慨しない者がいるだろうか。教皇の子どもたちの放蕩、近親相姦、わいせつ行為に衝撃を受けない者がいるだろうか。ヴァチカン宮殿ほどいかがわしい建物あるいは売春宿はない。

プロテスタント論争の最中には、このような告発が効果をもたらした。教皇庁を中傷する人々は、ルター派の宗教改革を正当化するために、ボルジア家のきな臭い評判を利用した。一五六〇年にバーゼルで作製されたアレクサンデル六世の有名な版画では、ローマ教皇が悪魔のかしらであるベルゼブルの姿で描かれている。ボルジア家出身の教皇は、悪徳、聖職売買、ネポティズムに支配され、堕落したローマ教会の化身となる。このような厳しい非難は、部分的には正しいとしても、アレクサンデル六世の真の外交の才を覆い隠すことになるかもしれない。教会大分裂の混乱を経て、トルコの脅威の高まりとヨーロッパ諸国の強国化に直面していたときに、彼は救世主となり、のちのユリウス二世のように「戦う教皇」となった。ヴァチカンは、諸侯の欲望、貴族たちの陰謀、中世を一変させた人文主義思想にもかかわらず、教皇職を強化するにいたった。アレクサンデル六世は、一四九四年六月七日にトルデリシャス条約によってその分割を保証したアメリカ大陸のような、新世界の誕生に立ち会うすべを知っていた。

ルクレツィアの兄についても同様である。チェーザレには、彼が受けるべきものを返さなければならない。彼の残忍さについては疑いの余地がない。しかし、当時の風潮のなかで、それ以外のやり方があっただろうか。彼の敵たちは手強く、彼にとどめを刺すことしか考えていない。ボルジア家は権力を愛し、王朝を築けると信じていたが、それはあらゆる策をろうしてのし上がることでしか実現できないことだった。ある意味では、チェーザレとその父親は先見の明があったと考えることもできるかもしれない。というのも彼らは、イタリア半島を弱体化させている絶え間ない争いに終止符を打つために、イタリアの統一に取り組んだ最初の人物たちだからだ。一方で、諸侯の対立はイタリアにこの上なく貴重な文化的遺産を残した。政治的な競争が、芸術的な競合となって現れてもいるからだ。映画「第三の男」でのオーソン・ウェルズの味わい深い長ゼリフを思い浮かべてみてほしい。「イタリアはボルジア家のもとで三〇年間、恐怖や暗殺や虐殺を経験した…だがミケランジェロ、ダ・ヴィンチ、ルネサンスが生まれた。友愛のスイスでは、五〇〇年にわたる民主主義と平和を経験した。それが何をもたらした？　鳩時計だ！」

教皇の娘ルクレツィアは、一七世紀から一八世紀にかけて歴史から忘れ去れていた。しかし、ヴィクトル・ユゴーを筆頭とする一九世紀の作家たちは、ロマンティックな熱狂に包まれていた。一八三三年、彼は戯曲『リュクレース・ボルジア』を書きあげ、同年ポルト・サン＝マルタン劇場で上演された。劇的事実を優先して歴史的真実を無視し、「道徳的欠陥」と「怪物的人物」に熱中したユゴーは、兄との近親相姦で生まれた架空の息子が、彼女の腕の中で死んでいくという、最悪の性向をヒロインに与えた。カンタレラは今では「ボルジア家の毒薬」とされている。ルクレツィアはおそらく一度もこれを使ったことはないだろう。しかし毒薬は、ボードレールのような詩人たちの心を魅惑する、毒婦という彼女のイメージにぴったりだ。デュマも、ボルジア家について、世間に知られている現実離れした歴史観で書いているが、荒唐無稽というほどではない。黒い伝説の最大の張本人はユゴーであり、それがアルプスを越えて他の作家たちにも影響をおよぼしたのである。彼の戯曲は大成功を収め、イタリアのオペラ作曲家ドニゼッティは、同年一二月二六日にすぐさま、ミラノのスカラ座でオペラとして上演する。二〇世紀には、映画やテレビドラマによって、彼女についての使い古された月並みなイメージが再現され、まやかしの層を重ねていくことになる。

ほとんど神話的な人物となったルクレツィア・ボルジアは、メッサリーナやアグリッピナとともに、美しく忌まわしい者たちの神殿に加わっている。それぞれの時代にルクレツィアは、放縦、先駆的なフェミニストなどといった幻影をはりつけられてきた。しかし、彼女の真の肖像は、外見を超えたところに謎の部分を残していることが多いルネサンスの傑作のように、淡い光のなかで、情熱という化粧をいったん落としてみることによって初めて輪郭が見えてくるのである。

5

カトリーヌ・ド・メディシス

——卑劣な裏工作者か、老練な交渉者か

「カトリーヌはフランスという船を操縦した
荒れ狂う風が波を立てて彼女を苦しめていたとき、
幾千万もの仕事が彼女の背にのしかかった
彼女は長きにわたる忍耐でそれをすべて乗り越えた」

ピエール・ド・ロンサール、『母后のためのソネット Sonnet pour la Royne Mère』

パリのカルティエ・ラタンに隣接するリュクサンブール公園は、ロマンティックな宝石箱のようだ。元老院の文書によれば「フランスの歴史における重要な役割、美徳、名声によって選ばれた」王妃、聖女、著名女性の像が、二〇体ほど置かれている。公園の小道を散策しながら、ステンドグラスでおなじみの聖クロティルダや聖ジュヌヴィエーヴが、敬虔な姿勢のままで白い大理石の像となっているのを目にすることができる。ブランシュ・

ド・カスティーユやアンヌ・ドートリッシュのような慈悲深い母后、メアリー・ステュアートやマルゲリータ・ディ・サヴォイアのような毅然とした顔にも出会う。だがカトリーヌ・ド・メディシスを探しても無駄だ。あたかも彼女には「美徳」も「名声」もなく、さらに奇妙なことに「フランスの歴史における重要な役割」も果たさなかったかのように、この大理石の亡霊たちのギャラリーに存在しないことによって、暗黒星のように異彩を放っている。とはいえ、ルネサンスのプリンセス、フランスの王妃であるカトリーヌ・ド・メディシスは、とりわけ息子であるシャルル九世の治世下に大きな影響力をもって君臨し、摂政をつとめている。半世紀以上におよぶ彼女の政治生活は、屈辱、近親者の死、分裂によって彩られている。その途上で呪いを受けたかのように思われる、ヴァロワ朝の消滅にも寄り添った。戦火と流血の場となった王国で、カトリックとプロテスタントが対立した宗教戦争を、彼女は生涯に八回も経験している。一五七二年夏には、サン・バルテルミの虐殺で宗教戦争が頂点に達した。プロテスタントが虐殺されたこの大事件によって、彼女の伝説は血で汚され、誹謗文書や文学作品はことごとく彼女への中傷で埋め尽くされることとなった。母后は、青白い顔で、ヴェールをかぶり喪服に身を包んだ黒い未亡人、気難しくて狡猾な外国人女性、魔術と毒の小瓶を自在に操る魔女、自分の子どもを権力の祭壇に捧げることもいとわない新たな王女メディアとして表現されている。後世の人々は彼女を完璧な罪人に仕立て上げた。だがほんとうに彼女に責任があるのだろうか。

「幽閉された」孤児

一五一九年四月一三日にフィレンツェで生まれたカトリーヌ・ド・メディシスは、悪い星のもとに生まれたかのように、生後三週間のうちに相次いで両親を病気で亡くした。彼女の父親はロレンツォ二世・デ・メディチであり、したがってカトリーヌは、フィレンツェの最高権力者だったロレンツォ・イル・マニフィーコ（豪華王）のひ孫娘ということになる。母親のマドレーヌ・ド・ラ・トゥールを通じてフランス貴族の血も受け継いでいる。

孤児となった彼女はローマに送られ、同じくメディチ家の、教皇レオ一〇世の保護を受ける。時代の象徴である彼女がようやく歩き始めたころ、マルティン・ルターという人物が教皇庁といさかいを起こす。しかし、幼いカトリーヌにとっては、目下のところ嵐は別世界のできごとだった。彼女が四歳でフィレンツェにもどされたとき、トスカーナ地方のこの都市国家は混乱のさなかにあった。シャルル八世のフランス軍による侵攻を阻まなかったことでメディチ家はフィレンツェから追放され、サヴォナローラが短期間の神権政治をおこなったが、その後メディチ家が復帰していた。しかしフィレンツェ市民は、メディチ家をふたたび追放することを望んでいた。一五三二年、メディチ家からまた教皇が誕生する。教皇クレメンス七世は、カトリーヌの大おじにあたる。教皇はローマにありながら、フィレンツェに対する支配権も維持していた。イタリア戦争では、フランス王フランソワ一世の最大の敵である、神聖ローマ皇帝カール五世と対立した。神聖ローマ帝国の軍勢は、一五二七年五月六日にローマ劫掠をおこなった。フィレンツェはまたも、外国の侵攻によってメディチ家のくびきから解放されるのである。五月一六日、事実上フィレンツェの統治を託されていたクレメンス七世の若い庶子たちは、フィレンツェから追放される。神権的な特徴をもつ新たな共和制が宣言された。

メディチ家の正統な支流は、八歳の子どもである「カテリーナ」［イタリア語名］だけとなった。彼女は父から受け継いだウルビーノの公位を継承して女公爵となり、「小公女(duchessina)」と呼ばれた。共和制支持者たちは彼女を、壁で囲まれたムラーテ修道院に閉じ込めた。実のところそれは一種の軟禁状態だった。修道女の身なりをしていても、彼女がメディチ家支持者にとって団結の象徴であることに変わりはなかった。共和制支持者は、彼女を暴行して敵の砲火にさらすと脅してきた。憎悪と希望の標的となったカトリーヌは、初めて政治的動乱を経験する。そして、権力はけっして確実なものではなく、勝ち取られるもの、そして何よりも懸命な努力によって維持されるものだということを理解する。実際、共和制は長続きしなかった。一一か月にわたる攻囲戦の末、フィレンツェは一五三〇年夏に陥落した。メディチ家はフィレンツェに帰還するが、カトリーヌはすぐにローマの教皇のもとにもどる。教皇は彼女のために大きな計画を立てていた。

カトリーヌは一一歳にしてすでに人生を重ね、結婚する準備ができていた。教皇の大姪との縁組みを望む求婚者には事欠かなかった。フランソワ一世は、末息子であるオルレアン公アンリを薦めることで、一石三鳥の効果が得られると考えた。カール五世に対抗して教皇を味方につけることができ、メディチ家の財産を利用することもできる。そしてアルプスを越えてトスカーナにふたたび拠点を築くことができると考えたのである。だが残念なことに、フランス国王は何も手に入れることができなかった。クレメンス七世は、この結婚の一年後に世を去ったのだ。後継者のパウルス三世はフランスとの同盟関係を破棄し、クレメンス七世が約束した持参金の支払いも拒否した。「あの娘は丸裸でやって来た」とフランソワ一世は嘆くことになる。実はまだ誰も知らなかったのだが、フランス国王はその治世下において最良の投資をおこなったのである。イタリアを征服することはできなかったが、レオナルド・ダ・ヴィンチとその傑作がすでにもたらされていたのだ。さらに、交渉術というきわめて有益な技術の天才である、もうひとりのフレンツェの人物をフランスにもたらそうとしていた。

「ちょっとした仲間」

一五三三年一〇月一一日、彼女がアンリとの結婚式のため、クレメンス七世とともにマルセイユに到着すると、気むずかし屋たちはすぐに、身分の低い者との結婚をあげつらった。古くからの名門であるカペー家に対して、メディチ家は成り上がりのブルジョワとみなされたのである。とはいえカトリーヌには、母方の祖母ジャンヌ・ド・ブルボンを通じて聖王ルイ（ルイ九世）の血が流れている。結婚式で、金のブロケード（金襴）のドレスとオコジョの白い毛皮のついた紫色の胴着を身につけた彼女は、魅力と優雅さに満ちていた。美しい装いにもかかわらず、彼女が醜いというわけではないが、美女ではなかったことは認めなければならない。小柄で痩せていて、髪は黒く、鼻はやや大きく目は灰色でやや出目だった。

自分より二〇歳年上であるにもかかわらず、夫の生涯の友であり、やがて愛人となるディアーヌ・ド・ポワティエに、カトリーヌは太刀打ちできなかった。青い目に彫刻のような体をもつ金髪のヴィーナスは、自分の美しさに細心の注意を払っており、年月を経ても容貌が衰えないといわれていた。彼女は毎日水風呂に入り、微量の金が含まれた水薬を飲んでいた。こうした「若返りの秘薬」は結局、彼女にとって致命的なものとなる。皮肉なことに、ふたりの女性はともにラ・トゥール・ドーヴェルニュ家につながる家系にあり、遠い親戚だった。これはカトリーヌにとって初めての屈辱であったが、彼女は嫉妬心を抑え、計略にはまらないようにして宮廷に入らなければならなかった。彼女は「活発な性格」で「年齢を超えた知恵」があるといわれていた。

結局のところ、カトリーヌが結婚したのは末っ子だった。彼女はオルレアン公爵夫人としての副次的な役割だけを運命づけられていた。だがそれは長くは続かなかった。一五三六年八月一〇日、一八歳の王太子フランソワは、ポーム［テニスの原型とされる］の球戯をして氷水を一杯飲んだあとに亡くなった。この早すぎる死は、のちにカトリーヌに嫌疑をもたらすことになる。水を渡したのは、アルプス山脈の向こう側の国の紳士、モンテクッコリ伯爵だった。一六世紀には、イタリア人の毒殺に関する噂がすでに広まっていた。カトリーヌは、ルクレツィア・ボルジアという女性が亡くなった年に生まれている。今日、歴史家のあいだでは、スペインの要塞で罹患した胸膜炎による自然死という説が最も有力である。いずれにせよ、この死で恩恵を受けたのはカトリーヌだった。その日、彼女の運命が大きく変化したからだ。今や彼女は歴史の表舞台に立っている。彼女は王妃となるだろう。そしてその最も重要な使命は、フランス王位に男子継承者をもたらすことである。

月日が過ぎても王太子妃には子どもができなかった。夫がディアーヌ・ド・ポワティエの寝室に行くのを好んでいたのは事実だが、だからといって王太子妃の寝室から遠ざかっていたというわけではない。ディアーヌは、結婚の義務をきちんと果たすよう王太子を励ましてさえいた。どうすればよいのかわからなくなったカトリーヌは、占星術師に相談し、あらゆる種類の媚薬を飲み、護符で呪いを払おうとしたが無駄だった。八年たっても子どもはできなかった。宮廷では、彼女を離縁するよう求める声が上がった。彼女自身もあきらめたように思われ、謙虚に運命を国王の手にゆだねた。しかしフランソワ一世は、彼女をイタリアに送り返すことを拒否した。おそらく彼は、最高の責務を引き受けるのに必要な資質を、息子の嫁から感じ取ったのだろう。国王は彼女といっしょに出かけるのを好み、「王のちょっとした仲間」と呼ばれるグループに彼女を加えるほどだった。乗馬の得意なカトリーヌは、フランソワ一世が好んだ狩猟パーティーに参加した。フランスに婦人用乗馬服を持ち込んだのは、彼女だといわれている。かつて貴婦人たちは馬に乗るとき、両足を小さな棚板に乗せていたのである。

一六四四年一月一九日、ついにうれしいできことが起こる。カトリーヌが後継者、将来のフランソワ二世を産んだのである。それ以後、彼女の正当性は問われなくなった。しかも、この出産を機に、彼女はその後何度も妊娠することになる。二五年間で一〇人以上の子どもが生まれ、七人が成長して、そのうちフランソワ二世、シャルル九世、アンリ三世の三人が国王となり、ふたりが王妃となった。ひとりはスペイン王妃となるエリザベス、もうひとりはフランス王妃となる、あのきな臭いマルグリット・ド・ヴァロワであり、王妃マルゴの名でよく知られている。さらに、もうひとりのフランソワ、アランソン公がいる。カトリーヌは独占欲の強い母親とまではいわないが、保護者的な母親である。家族の肖像画を数多く注文し、早く入手するために鉛筆画を好んだ。

火の洗礼

フランソワ一世は、一五四七年三月三一日にランブイエで逝去した。孤児だったフィレンツェ出身のカトリーヌは、二八歳でフランス王妃となった。一五四九年六月一〇日、サン＝ドニ大聖堂で戴冠式がおこなわれたとき、典礼を担当したのはディアーヌ・ド・ポワティエである。五〇歳になっても彼女の美貌は衰えていなかった。儀式の終わりに、アンリ二世は愛妾ディアーヌの足もとに王冠を置くという無作法をおこなったため、彼女は宮廷では「王妃以上の存在」、カトリーヌの手紙のなかでは「尻軽女」とあだ名されるようになる。カトリーヌは夫をとても愛していたが、あきらめるしかなかった。ふたりのライバルは、王の生活のなかで、よい関係を保ちながら共存するすべを学んでいく。王妃は、若い娘よりむしろある程度の年齢の女性の方がいいと思った。時は自分に味方してくれる。この妥協は、情熱に支配されず、冷静な理性でつねにそれぞれの状況を最大限に利用しようとするカトリーヌの気質をよく示している。

子孫を残すのが彼女の役目だが、アンリ二世が戦争に出たときには摂政の役目も負った。彼女は一五五七年に初めて、その政治的能力を証明する。八月一〇日、アンヌ・ド・

モンモランシー元帥が率いる軍隊が、サン＝カンタンの町を前にしてスペイン軍に手痛い敗北を喫した。これはフランス軍史上最悪の敗北のひとつである。サン＝カンタンは攻囲され、パリへのルートが開かれてしまった。王国中がパニックになった。ド・コリニー提督と住民たちは、攻囲に対して二五日間にわたり勇敢に抵抗し、首都への進軍を遅らせていた。その間にアンリ二世は、抵抗運動を組織するため、王妃をパリに行かせた。お金が必要だった。時は差し迫っていた。カトリーヌは努力を惜しむことなく、驚くべき冷静さを示す。外国出身の彼女が、危機に瀕した祖国を支援してほしいと説いた。彼女は、ブルジョワたちに財布の紐を緩めるよう説得するうってつけの言葉を見つけたのである。パリは救われることになる。しかし、一五五九年にル・カトー＝カンブレジで締結された条約は、後味の悪いものとなった。フランスはアルプス山脈の向こう側での要求を放棄しなければならなかった。イタリア戦争［ハプスブルグ家とヴァロワ家がイタリアを巡って争った］は終結した。その火をふたたびかき立てるためには、ボナパルトという人物を待たなければばならない…。

カトリーヌ・ド・メディシスは逆境のなかでその才能を示した。この火の洗礼は、適切なときになされた。なぜなら、同じ年に新たな悲劇が起こり、彼女の運命と王国全体の運命を揺るがすことになるからだ。六月三〇日、アンリ二世はパリでおこなわれた馬上槍試合に参加する。国王は、スコットランドの衛兵隊長であるモンゴメリー伯爵との最終試合をするため、競技場に入った。カトリーヌは、特別席で息を止めた。衝撃は激しいものだった。二頭の馬が倒れ、槍が折れた。頭から血を流した王は、意識を失っていた。槍の破片がかぶとの面頬を突き抜けて額に刺さったのだ。アンブロワーズ・パレを始めとする外科医たちが治療をしたが、国王は一〇日間ひどく苦しんだ末に亡くなった。四年前にカトリーヌ・ド・メディシスが宮廷に呼んだノストラダムスという人物は、次のような四行詩を書いていたが、オカルティズムの愛好家たちはこれを、実現された予言として解釈している。

若き獅子は老いたるものにうち勝つだろう、
戦いの場での一騎打ちによって、
金の檻のなかで彼は両目を引き裂くだろう、
ふたつの階級はひとつになりそして消滅する残酷な死で。

カトリーヌは、折れた槍と、「そこから涙が生まれ、苦しみが生まれる（Lacrymae hinc, hinc dolor）」というモットーを紋章とした。彼女はもう衣装を変えることはない。黒いドレスは永遠の喪のしるしであるだけでなく、彼女の正統性の象徴でもある。

血のつながり

四〇歳の未亡人で母后でもあるカトリーヌは、消えゆく運命のように思われた。実際には、彼女にとって、すべてが始まるのである。一五歳でフランソワ二世として即位した長男は、虚弱体質の徴候があった。王国の団結力についても同様だった。宗教改革は、二五年前の檄文事件以降、フランス国内で大きな力をもつようになっていた。勢いづいたプロテスタントが、侮辱的で扇動的な文書を、アンボワーズ城のフランソワ一世の寝室の扉にまで張りつけた事件である。それは侮辱というより挑戦だった。国王フランソワ一世は大逆罪を宣告する。一五三五年一月二一日、彼は贖罪の行列の先頭に立ち、そのあと六人の「異端者」を火刑に処した。

迫害にもかかわらず、プロテスタントはアンリ二世の治世下で、大きな発展を遂げていた。病を力によって治療しようとする王令が次々に出された。しかしこの治療法は逆効果を生んだ。ユグノーと呼ばれた彼らは、勢力範囲を広げていった。一五六〇年のフランスの人口一八〇〇万人のうち、約一〇パーセントを占めるようになっていた。貴族の三分の一は宗教改革に賛同し、そのなかには大物貴族たちもいた。ナヴァラ王アントワーヌ・ブルボンやコンデ公アンリ・ド・ブルボンのような国王の親族が、カルヴァンの考えを支持していた。フランス提督ガスパール・ド・コリニーも、プロテスタントに改宗している。それに対し、フランスで最も威信ある名門のひとつであるモンモランシー家と、ロレーヌの名門家系の分家の系統であるギーズ家という、ライバル関係にあるふたつの一族が、「教皇礼賛者」の反動的行動を競いあっていた。カトリックとプロテスタントの指導者の多くは血がつながっているが、お互いの憎しみはもはやその血を流すこともためらわないほどになっている。アンリ二世が亡くなり、病弱な国王が即位したことは、プロテスタントにとっては好機となった。王国は火薬庫と化していた。

口火が切られたのは、一五六〇年三月だった。熱狂的なユグノーたちは行動に移る決意をし、国王にギーズ家の影響力がおよばないようにするため、国王を誘拐しようとした。大胆であるが悲惨な結果に終わったこの計画は、アンボワーズの陰謀という名で知られている。首謀者であるラ・ルノーディ領主のジャン・ド・バリーは、貴族たちを率いて、ジャン・カルヴァンでさえも批判しているこの無謀な行動を起こさせた。陰謀はギーズ家の知るところとなって挫折する。奇襲は失敗に終わり、多くの逮捕者が出た。激しい弾圧で約一五〇〇人が処刑された。プロテスタントの指導者たちはアンボワーズ城の欄干に吊され、ラ・ルノーディの領地は分割された。ギーズ公は王国総司令官の地位を得ている。

即位してからわずか一七か月後、若いフランソワ二世は左耳の膿瘍の慢性的化膿により死に瀕していた。一五六〇年一二月五日、彼はひどい苦しみのなかで息を引き取る。カトリーヌは打ちのめされたが、それでもすぐに立ち上がらなければならない。やるべきことがあったからだ。シャルル九世はまだ一〇歳だった。母后は摂政となり、フランスの政治指導者の称号も得た。彼女はついに、その生涯をかけることになる役割を引き受けたのである。つまり、自分の子どもたちの権力を保ち、王国の統一を維持することであり、このふたつは一対になっている。カトリーヌ・ド・メディシスは、一五年間にわたってフランスの手綱を握ることになる。それはあたかも、彼女が芸術作品のなかで同一視されていたアルテミシア［夫の死後小アジアのカリア地方を支配したハリカルナッソスの女僭主］の再来のようだった。カトリーヌは評議会の議長を務め、手紙を開封し、高官を迎え、あらゆる決定をくだした。「国王は注意されるまで卵をかき混ぜなかった」と、中傷文書作成者ピエール・ド・レストワールはからかっている。抜け目のない彼女は、天性の交渉センスであらゆる状況に適応した。慎重さの化身であり、よく吟味し、じっくり検討していないことはけっしておこなわなかった。

ふたつの火のあいだで

カトリーヌはすぐに鎮静化と和解の政策を実行に移す。彼女の立場は明確だった。宗教的反逆は、いかなる場合でも政治的反抗の形をとってはならない。王室の権威に交渉の余地はない。アンボワーズの陰謀によって越えてはならない一線が越えられた。とはいえまだ改善の余地はある。異端を根絶することができないのなら、容認すればよい。だがそれが意味するものは、今日われわれが理解するような宗教の寛容ではなく、寛大さを示すということである。なぜならカトリック教徒たちは、ユグノーを教会のふところにもどすのをあきらめてはいなかったからだ。緊急の場合には一時的な和解が推奨される。残るは境界線の定義だ。良心の自由？　信仰の自由？　カトリーヌはすぐに、一徹な教皇礼賛者と、要求の多いユグノーというふたつの火に挟まれていることに気づく。

母后カトリーヌは善きカトリック教徒ではあるが、けっして教条主義的ではない。実のところ彼女は、際限のない神学的な長談義があまり好きではなかった。「宗教はしばしば悪意を隠すために用いられる隠れ蓑だ」と彼女は嘆いている。彼女が、教皇の不興を買いながらもプロテスタントの権力者に近づこうとしたこと、たとえば息子のひとりをイングランド女王エリザベス一世と結婚させようとしていたことは、しばしば忘れられている。カトリーヌは、「自分を犠牲にすることでしか曖昧さから抜け出すことはできない」というレス枢機卿の格言を念頭に置いて、両陣営の自尊心を傷つけないようにした。そうした観点から、穏健派で人文主義者のミシェル・ド・ロピタルをフランス宰相に任命し、一五六一年の秋に、カトリックの高位聖職者とプロテスタントの聖職者を集めてポワシー会談を招集する。教会一致の合意はかなわなかったが、一五六二年一月、カトリーヌはシャルル九世に、一月勅令として知られる寛容令を公布させた。プロテスタントが城壁外で礼拝のために集まる権利を認めるというものだった。これは母后によるまれに見る譲歩であり、有名なナントの勅令より四〇年も前のことだった。

しかし、ギーズ家に率いられた強硬なカトリック教徒たちは、聞く耳をもたなかった。妥協は、自分たちの身を危険にさらすものとみなされた。多くの地方議会は、一月勅令をしぶしぶ承認した。一五六二年三月一日、ある事件が平原に火を放つこととなる。およそ五〇人のユグノーが、フランス北東部にあるヴァシーの市内で集会を開いたのだが、これは勅令違反だった。ギーズ公とその部下は、礼拝をやめさせるために介入した。口論となり、約五〇人のプロテスタントが虐殺された。最初の宗教戦争の始まりだった。ドイツ人傭兵の支援を受けたプロテスタント軍は、リヨン、ポワティエ、ルーアン、オルレアンなど多くの主要都市を占領していった。オルレアンでは、反逆者たちがカトリーヌの長子である不運なフランソワ二世の亡骸を掘り出して、内臓を犬に投げ与え、心臓をフライパンで料理させた…。ギーズ公は、オルレアン攻囲のときに待ち伏せされ、暗殺された。コリニーは、暗殺を指示したとして告発された。国内は分裂状態に陥った。それでもカトリーヌは、一五六三年三月に出されたアンボワーズ勅令を通じて、形ばかりの平穏を取りもどすことができた。

これもまた力業であった。しかしカトリーヌには、平穏が一時的なものであることがわかっていた。そこで彼女は一五六四年、成人に達したばかりの息子シャルル九世を王国の臣民に紹介するため、フランス各地への巡回を開始する。カトリーヌは地歩を確保して、取りもどされた和合を祝福する利点をよく理解していた。二八か月にわたり、疲れを知らない母后は息子に同行して王国をくまなく巡り、石ころだらけの道を四〇〇〇キロメートル踏破した。宿営地では必ず儀式をおこない、国王の権威の最良の姿を示そうとした。最初はフォンテーヌブローで、次いで巡回の旅のあいだに彼女は、しきたりにとらわれることなく「ユグノーとカトリックがいっしょに踊る」ために、豪華なパーティーを開催した。彼女は、最も取るに足らない面にいたるまで、娯楽を外交のために利用している。カトリーヌの有名な「遊撃騎兵隊」は、ペチコートをはいたスパイ、寝物語から情報を引き出す宮廷女性のネットワークとしてしばしば描かれている。それは、強制的なものではなく、誘惑という札にできる限り賭けてみるということだ。

新プラトン主義の思想から影響を受けた善良なメディチ家の一員である彼女は、真実は美と歩調を合わせて進むという考えをもっていた。彼女の保護のもと、フランス王国では芸術が盛んになった。イタリアの芸術家の力を借りる代わりに、ルイ一四世時代の最初の栄光を告げる「フランス・スタイル」の出現を助けたのである。音楽と詩のアカデミーは、シャルル九世によって創設された。ロンサールは王室の祝宴に参加している。モンテーニュは王妃のお気に入りだった。カトリーヌは、シュノンソー城を拡張し、テュイルリー宮殿などパリにあるふたつの宮殿や、サン＝ドニのヴァロワ家霊廟の建設を発注することによって、建築の発展にも貢献している。彼女は、アンリ二世の心臓が納められた骨壺を戴く埋葬記念像「三美神」を、ジェルマン・ピロンに依頼してもいる。この記念像は現在ルーヴル美術館で鑑賞することができる。プリーツや丸ひだで形作られた下着の襟であるラフ（ひだ襟）に象徴されるように、フランスの宮廷は優雅さに満ちあふれていた。この洗練された雰囲気のなかに暴力の奔流が注ぎ込むことになるとはとても信じがたいことだ。

血の結婚式

一五六四年の国内巡回は、一時的な魔法にすぎなかった。四年間は比較的平穏な状態が続いたが、また戦闘が再開する。一五六七年九月二八日、コンデ公はモー郊外のモンソー

＝アン＝ブリ城で国王を捕らえようとした。かろうじて敵から逃げることができたシャルル九世と母后は、パリに避難する。カトリーヌは茫然とした。「モーの奇襲」は平和に刃を突きつけるものだった。宰相ミシェル・ド・ロピタルは解任され、内部で分裂するだけでなく外国勢力からの干渉によっても引き裂かれた国内で、ふたたび内戦が勃発した。フランスの紛争はヨーロッパの問題となった。まさにカトリックの王であるスペイン国王は、ますます破壊分子化するギーズ家を支持していた。一方、ドイツの諸侯はプロテスタントを支持するためにドイツ騎兵とドイツ歩兵を送り込んだ。イングランドは待ち伏せの状態のまま、失地回復すること、つまり一五五八年に失ったカレーを取りもどすことをめざしていた。内戦によってすでに損害を受けているフランスの力を弱めるには、あらゆる手段が有効である。第二次宗教戦争は一五六八年に終結し、アンボワーズ勅令の条項を復活させたロンジュモーの和議が結ばれた。実のところそれは休戦協定にすぎず、戦争当事者が戦闘態勢を整えるための時間である。数か月後、さらに激しい戦闘が再開される。

一五六九年三月一三日、のちにアンリ三世となるアンジュー公がジャルナックで大勝利を収めた。このときにコンデ公は致命傷を負い、コリニーがユグノー軍の指揮官となった。カトリーヌがプロテスタントと交渉し、信仰の自由はかなり制限されていたとはいえ、一五七〇年八月八日にプロテスタント側がサン＝ジェルマン＝アン＝レーの和議を受け入れたため、疲弊した両陣営は、武器を置いた。

この状態を持続させるため、母后は平和を華やかに祝いたいと考えた。そして娘のマルグリットを、彼女の意に反して、ナヴァラ王国の王子でプロテスタントのアンリと結婚させることにする。「王国の平和がかかっている」と彼女は考えたのだ。これほど理性的な結婚はなかった。しかし、激情が理性を凌駕することになる。一五七二年八月の息詰まるような暑さのなかで、パリは興奮状態となっていた。根本的にカトリックの国であるフランスの首都の人々は、それまでユグノーをほとんど見たことがなかった。黒い服に身を包んだ何千人もの裕福そうな男たち、高慢な態度で行進していく新宗教に帰依したばかりの者たち、「いまいましいカルヴァン派」を、パリの人々は罵倒した。「最悪の組み合わせ」とされるこの結婚式は、険悪な仲であるふたつの陣営をひとつところに集めた。場の空気はすぐに息苦しいものとなる。衝突は避けられなかった。

とくにひとりの男が憎悪の的になっていた。プロテスタントのガスパール・ド・コリニーである。カトリック教徒たちは、彼がシャルル九世にあまりにも大きな影響力をおよぼしていると非難していた。国王がますます怒りっぽくなっているのはよい兆候ではない。彼らはコリニー提督の好戦的な態度を痛烈に非難した。提督は同宗信徒を助けるために、スペイン領ネーデルラントに軍隊を送るよう国王に求めたからだ。カトリーヌはきっぱりと拒否した。強力な軍事力をもつスペイン王を敵に回すなど論外だ。だからといって、彼女はコリニー暗殺を命じただろうか。現在の歴史家のほとんどは、この考えを否定している。好戦的な男を排除するのは彼女の目的にかなっているが、このような時期にすべての努力を無にしてまで必要なことではない。ギーズ公フランソワを殺害されて以来、コリニーを憎悪しているギーズ家によるものと考えた方が良さそうだ。ギーズ公フランソワの息子アンリは、パリの人々に歓呼して迎えられた。射撃手のモールヴェールという人物が、ギーズ家所有の家の窓からコリニーを狙い撃ちした。八月二二日のこの火縄銃射撃が、火薬に火をつける口火となった。

コリニーは負傷しただけだった。シャルル九世は枕元に駆けつけ、人心を鎮めようとしたが、ユグノーたちは復讐を叫んでいた。すべては八月二三日から二四日にかけての夜につながっていく。国王は、母后、王弟アンジュー公、それに最も近い顧問官と緊急会議を開く。プロテスタントの主要人物を抹殺する、ただし血縁の王族であるナヴァラ王とコンデ公は生かしておくという決定がなされた。抹殺リストの筆頭であるコリニーは、窓から突き落とされ、臓器を抜かれ、中庭で頭部を斬り落とされた。都市の城門は閉ざされ、警鐘が鳴らされ、パリ市民の凶暴な狂気を目覚めさせる。寝台まで追い詰められたユグノーたちは無造作に殺害された。殺戮は数日間続き、地方の主要都市にも拡大していき、フランス全土で五〇〇〇人から一万人の死者が出た。そのうち約三〇〇〇人はパリで殺害されている。

責任がカトリーヌ・ド・メディシスにあるとしたのは、まずユグノーの攻撃文書だった。それは、プロテスタントの画家で、サン・バルテルミの虐殺を免れたフランソワ・デュボワの絵画のイメージからだった。そこには、大虐殺の中心で大きなカラスのように死体の山に身をかがめる母后が描かれていた。証拠がないため、この恐ろしいできごとにおける彼女の責任を正確に論証するのは不可能だ。とはいえ、陰謀や、罠として企てられた結婚という考えは除外することができる。逆に、カトリーヌは平和を望んでいたのであり、彼女の人生全体が彼女を弁護している。さまざまな事件に当惑した母后が、パリ市民の怒りを過小評価せず、コリニー暗殺未遂のあと、先手をとろうとしたと考える方が合理的である。「モーの奇襲」でひどい目にあったカトリーヌは、最も危険なプロテスタントを排除するために、最も強硬なカトリックの少数者に説得されてしまった。彼女はトスカーナ大使に宛てた手紙で、「自分たちに降りかかるより彼らに降りかかる方がよかった」と自分を正当化している。

シャルル九世は、八月二四日には殺意の奔流をくい止めようとしたが無駄だった。彼は「嘆かわしい暴動」を非難し、ギーズ家に責任を押しつけた。しかし二日後、パリ議会で彼は言説を変え、「至高の正義」の名において「コリニー提督によってなされた不幸で忌まわしい陰謀の実行を阻止する」ために命令をくだしたことを認めた。彼はどの時点で真実を語っているのだろうか。おそらくどの時点でも語っていない。カトリーヌとその息子はジレンマに陥っていることに気づいた。主導性を認めないということは、自分が弱く、打つ手もなく、信用がないということを示すことになる。責任を認めれば、プロテスタントの信頼を決定的に失うことになる。無力に見えた方がいいのか、それとも冷酷と思われた方がいいのか。彼らは後者を選択した。

家系の断絶

サン・バルテルミの虐殺は第四次宗教戦争を引き起こす。プロテスタントの信仰は禁止された。カトリーヌの政策は失敗したのである。もっと悪いことに、王権が揺らいでしまった。プロテスタントの攻撃文書は母后に対して激しい怒りをぶつけていた。とりわけ、カトリーヌ・ド・メディシスの生涯や行動について記述した『驚くべき説話 Discours merveilleux』は、彼女を恥知らずの「王位簒奪者」、「生まれの卑しい」外国人女、「高利貸しで育てられた商人の娘」、ユグノーの血に飢えた陰謀家、などと糾弾していた。「暴君放伐論」に感化されたプロテスタントの中傷文書作成者たちは、絶対王制に疑問を投げかけ、議会主義、さらには共和主義の思想の種を蒔いた。国王の陣営内でも権威に異議が申し立てられていた。王家の最後の子孫であるアランソン公フランソワは、多くの点で不当な扱いを受けていると感じており、「不平党」の指導者となった。これはその名が示す通り、「混合主権」を要求するあらゆる階層の失望者たちが結集した反乱活動だった。一方、旧教同盟のメンバーたち、つまり最も強硬なカトリック教徒たちは、ギーズ公の旗印のもとで共謀していた。カトリックの扇動者はカール大帝の子孫であると主張して、王位に対する野心さえ抱いていた。シャルル九世は、高熱と悪魔たちのいけにえとなり、一五七四年五月三〇日に亡くなった。彼の弟がアンリ三世として跡を継いだ。アンリ三世はカトリーヌのお気に入りで、「私のかわいいお目目」と呼ばれていた。しかしカトリーヌの影響力は、かのミニョンたち［女性的な態度や服装を好んだ寵臣］の影響力が大きくなるにつれて薄れていった。しかし、緊張が高まるたびに、アンリ三世は賢明な母親のアドバイスを求めた。六〇歳になっても疲れを知らない母后は、うまずたゆまず岩を押し上げ続けるシーシュポスのように、カトリックとユグノーを和解させる道を探り続けていた。

もうひとつの懸念は、ヴァロワ家の将来だった。弟のアランソン公フランソワが一五八四年の夏に亡くなり、アンリ三世には依然として後継者がいなかった。王位はギーズ家の手の届くところにあった。なぜなら、大多数がカトリック教徒であるフランスで、ナヴァラ王アンリ・ド・ブルボンが王座に就くなどということは考えられなかったからだ。継承順位では第一位であるにもかかわらず、彼は宗教改革支持者である。カトリーヌは、自分の息子とギーズ公との仲介役を果たす。しかしアンリ三世は、増大する旧教同盟の脅威に終止符を打つ決意をし、一五八八年のクリスマスイブに指導者を暗殺させた。「生きていたときよりも大きく見える」と、彼は亡骸を前にして叫んだといわれる。彼はそれと知らずに図星を指していた。というのも、ギーズの死がみずからの死を招くことになるからだ。一五八九年八月一日、旧教同盟の修道士ジャック・クレマンが、椅子形便器に座っていた王を刺し殺す。ヴァロワ王朝の悲しい終焉だった。カトリーヌはといえば、その年の初め、一五八九年一月五日にブロワで亡くなっていた。病気にむしばまれ、回想録作者のブラントームによれば、おそらく「悔しさに押しつぶされて」、亡くなった。数か月の差で、彼女は家系の断絶も、宗教戦争の幸福なエピローグも知ることはなかった。つまり彼女が支援したナヴァラ王アンリがアンリ四世として王位に就き、正式に教会のふところにもどることに同意したのである。彼は一九五八年四月三〇日にナントの勅令を公布する。カトリーヌの仕事が死後に成就したのである。

第八次宗教戦争のさなか、彼女の葬儀は、ピエール・ド・レストワールによれば「死んだヤギと同様に重要ではない」ものだった。英雄ギーズ公の死の責任を彼女に押しつけたパリ市民は、葬列が首都を横切っていくのを見たら、遺体をセーヌ川に投げ込むと脅した。そのため、人心が鎮まるまでのあいだ、ブロワのサン＝ソヴール教会にひそかに埋葬され、一六一〇年にサン＝ドニにあるヴァロワ家の霊廟に移された。この壮大な霊廟は一七一九年に破壊され、彼女の亡骸は歴代のフランスの王や王妃が埋葬されている伝統ある大聖堂に安置された。しかし一七九三年、彼女の墓は革命家たちによってこじ開けられ、遺骸は共同墓地に投げ込まれた。ミイラ化した足だけが、ポントワーズにあるタヴェ＝ドラクール博物館の収蔵庫に保管されている。そしてサン＝ドニの墓には、アンリ二世と並んで眠る彼女の彫像がある。

やり手ばばとおしゃべり女

こうした死後の不運は、彼女の後世が苦難に満ちたものだったことをよく示している。プロテスタントの中傷文書作成者たちは、彼女の生前に黒い伝説の布石を打ち、それが時代を追うにつれて固定的観念となっていった。きわめて反教権主義的なヴォルテールは、彼女がずっと以前からサン・バルテルミの計画を練っていただけではなく、「占星術、呪文、魔法の迷信」を持ち込んだとして非難している。アレクサンドル・デュマは、小説『王妃マルゴ』のなかで彼女を、フィレンツェの占星術師や調香師の助けを借りて敵を殺害する悪魔のような人物に仕立て上げている。一九九四年に公開されたパトリス・シェローの映画、「王妃マルゴ」は、小説を漠然とシナリオ化して、善悪二元論的な作劇法で制作したものであり、ほとんど大衆版画のイメージそのままである。カトリーヌは、堕落したマフィアであるヴァロワ一族の親玉であるゴシック風のマンマとして描かれている。

黒い未亡人らしい外見からインスピレーションを得た作家たちは、とくに彼女が占星術を好んだ点にこだわりを示した。占星術は、センセーショナルなイメージを求める彼らの作品のなかで、魔術とひとくくりにされた。カトリーヌが、とくに重要な決断をするのにふさわしい日程を決定するために、ノストラダムスや謎めいたコジモ・ルッジェーリなどの占星術師に進んで相談したのは事実である。伝承によれば、ルッジェーリは、広大な宮殿の唯一の名残である「メディシスの円柱」から星を観察したといわれている。この円柱は現在、パリ証券取引所の隣にあり、首都の中心部にある「秘教的記念物」として説明されることが多い。コジモ・ルッジェーリは、王妃が「サン＝ジェルマンの近く」で死ぬだろうと予言したことがあり、そのためカトリーヌはこの名を冠した集落や教会を避けるよう細心の注意を払ったという有名な逸話がある。しかし、彼女に終油の秘蹟を授けた司祭は、ジュリアン・ド・サン＝ジェルマンという名だった……。

とはいえ、彼女は当時の迷信を共有していたにすぎない。そのことと、オカルティズムや黒魔術に身をゆだねることとのあいだには大きな隔たりがある。カトリーヌは星々を観察しながらも、現実から目を離すことはなかった。噂や伝説は、真実をベースにしてはいるが、何よりも、「災いをもたらす王妃」のイメージを作り上げる必要性に応じたものである。神秘的な力と手を組んでいたと非難される彼女は、ヴァロワ家の呪いの責任を負わされた。近親相姦、病気、狂気、暗殺……。国内がキリストの名のもとに引き裂かれていたまさにそのときに、彼女の子どもたちはいずれも、神罰に見舞われたかのように不幸な最期を遂げている。まさにシェークスピアの悲劇のようだ。ブルボン家の人々は、ヴァロワ家の最後のイメージを回復しようとはせず、後継である自分たちの正統性を確立することばかり気にかけていた。カトリーヌ・ド・メディシスは、ブルンヒルド、フレデグンド、イザボー・ド・バヴィエールとともに、呪われた王妃たちの神殿に加えられたのである。

こうした神秘主義的な考察に、嫌悪感という、より低俗な動機が加わる。フランス王妃のほとんどは外国人だったが、カトリーヌのイメージがとくに悪かったのは、当時広まっていた反イタリア主義のせいでもある。メディチ家は、今日ではルネサンスを庇護した一族として知られているが、当時はまだそのような名声を得てはいなかった。何よりも、油断のならない銀行家、計算術に長けた策謀家とみなされていた。マキャヴェッリの傑作で、当時は権力に対するシニカルな解釈が不道徳とされた『君主論』は、カトリーヌの父であるロレンツォ二世・デ・メディチに捧げられたものである。「彼女は王国を、フィレンツェを大きくしたものとしか見ていなかった」とシャトーブリアンは書いている。のちの宰相マザランと同様に、カトリーヌはフランスの名門貴族たちから軽蔑されていた。彼らはサン・バルテルミの責任を外国人にかぶせることで満足したのである。

このような外国人嫌悪は、表面には出てこない女性蔑視によってさらに助長されており、共和派の歴史学者ジュール・ミシュレはそういう気持ちにあらがえずにいる。彼は「彼女は女性だった。子どもたちを愛していた」と書きながら、彼女のなかに「死人の血のように冷たい」「ギーズ家の便宜をはかるやり手ばば」しか見なかった。彼女の狡猾な知性は、異常なものとみなされた。ルイ一四世のような輝かしい王の資質として称賛される性格的特徴が、カトリーヌにおいては痛烈に非難されるのはなぜなのか。彼女は男性たちのあいだで狡猾で決断力があったのに、彼女にとっての交渉術は女性的な本質による猫かぶりにすぎないというのだろうか。残念ながら、公衆は国家の運営に没頭している摂政よりも、狭量な高級娼婦や軽薄なおしゃべり女を好みがちであることは認めなければならない。ディアーヌ・ド・ポワティエは、カトリーヌ・ド・メディシスの影を薄くする存在であり続けるのである…。

王以上の存在

バルザックは、カトリーヌの記憶にしかるべき敬意を表した最初のひとりである。「カトリーヌ・ド・メディシスはフランス王家を救った。彼女は、偉大な君主でも屈するであろう状況においても王室の権威を維持した」。そしてそれは「政治家の最も稀有な資質、最も得がたい才能」を発揮することによってなされた」とバルザックは書いている。彼はカトリーヌを、リシュリュー、ルイ一四世とともに「わが国の絶対主義における三傑」であると評価している。今日では、ほとんどの歴史家が彼の主張を認めている。

ただし、ほとんど強調されることがない細かい修正を加えておく必要がある。カトリーヌはたしかに、嵐が過ぎるのを待ちながら妥協によって王室の権威を保ったが、そうすることで彼女は突破口を開いてしまった。歴史の大きな見方からすると、それはフランス王政を弱体化させることにつながった。のちにアンリ四世のナントの勅令によって追認されることになる一月勅令で、ふたつの宗教の共存を認めることにより、彼女は「ひとつの信仰、ひとつの法律、ひとりの王」という古い格言に終止符を打った。この譲歩そのものが、すでに革命だった。たしかに彼女はプロテスタントの信仰を世俗化することも、ましてや国家を世俗化することも望んでいなかったが、宗教改革への賛同と国王への忠誠を区別することによって、神権による君主制と重なり合う契約君主制の基礎を築いた。クローヴィスの洗礼での聖油瓶に象徴されるような、神とフランス国王との古代の契約は時代遅れとなり、フランス革命の思想的基盤である一八世紀の「社会契約論」に取って代わられることになる。ある意味で、一九〇五年のフランスの政教分離法は、一五六二年の一月勅令とともに始まったプロセスの最終幕ともいえる。歴史哲学を少し先に進めすぎたかもしれないが、こうした考えは議論する価値があるだろう。騒乱に巻き込まれたカトリーヌは、それを予想できていただろうか。嵐で木全体が倒れそうになっているときに、リンゴのなかに虫を残したままにしておく以外のことが彼女にできただろうか？

フランス人どうしが傷つけ合い、ふたつの陣営がたがいに相反する行動をとり、一縷の望みしか残されていないときに、カトリーヌ・ド・メディシスは繕うことをやめなかった。彼女はこの状況にうってつけの女性であり、有名な言葉を借りるなら、ヴァロワ家における「家族のなかで唯一の男性」だった。ライバルのディアーヌ・ド・ポワティエが「王妃以上」だったとするなら、カトリーヌは、サリカ法典には反するが、まさに「王以上」の称号に値する。一世紀後のフロンドの乱のときのアンヌ・ドートリッシュがそうだったように、外国人女性が身を挺してフランスを支えたのである。カトリックとプロテスタントが自分たちの利益だけしか考えていなかったときに、彼女はフランスのことを第一に考えていた。手がつけられないほどの内戦の恐怖のなかで、カトリーヌは万難を排して、前例のない譲歩と困難な決定を交互に繰り返しながら、王国の統一を維持するためにあらゆる手を尽くした。その点において、彼女は、「政治において、選択が善か悪かのあいだでなされることはほとんどなく、最悪か最小の悪かのあいだでなされる」という、マキャヴェッリの思想を受け継ぐのにふさわしいということを示した。要するに、マキャヴェリ的というより、マキャヴェリストなのである。歴史家で伝記作者のジャン＝フランソワ・ソルノンは、彼女に死後のノーベル平和賞を授与することまで考えた。これは復権への幸先の良いスタートであり、リュクサンブール公園に彼女の像が建てられるという期待もわいてくる…

6

ラリー＝トランダル

――頑固者か、贖罪のいけにえか

「この不運な指揮官は首を垂れていたが、斬首に値するとは思えなかった」

ヴォルテール、エスタン伯爵への手紙、一七六六年九月八日

勝利の高揚感のなかで称賛され、その後、敗北のスパイラルのなかで公衆のさらし者にされるというのは残酷な運命だ。トマ＝アルテュール、トランダル男爵、ラリー伯爵こと、ラリー＝トランダルは、ルイ一五世の治世下にふたつの人生を過ごした。ひとつはヨーロッパにおける成功と称賛の栄光につつまれた人生、もうひとつはインドにおけるフランス植民地領土での痛ましい敗北に打ちひしがれた人生である。彼は敗北の唯一の責任者とみなされた。フランスに仕えたこのアイルランド軍人は、フォントノワの英雄であると同時に、フランスのインド進出の拠点だったポンディシェリの疫病神でもある。聖ルイ大十字勲章の栄誉に浴した日から、グレーヴ広場で満足げな群衆の前で斬首される日まで、

一〇年もたっていなかった。栄えある勲章の赤いリボンと、死刑執行人の剣を同じ首が受けることになるなどと、どうして信じられるだろう。この好戦的な男は、なにごとにも大胆不敵に立ち向かっていった。残念なことに、彼は二部作に分かれた人生の第二部で破滅へと突き進み、帝国全体を巻き添えにした。ラリー＝トランダルは忘れ去られたが、彼の敗走は世界の様相を一変させた。その原因はなんだったのか。インドでのフランスの覇権がはかなく終わったのは、頑固な男の失敗のせいか、それともフランスの政策全体の失敗のせいだろうか。

アイルランド人のように頑固

一七〇二年にフランス南東部ドーフィネのロマンで生まれたトマ＝アルテュール・ラリー＝トランダルは、アイルランド将校ジェラール・ラリー卿と貴族の未亡人アンヌ＝マリー・ド・ブルサック・デュ・ヴィヴィエの非嫡出子として生まれた。多くの同胞と同じように、彼の父親もステュアート家の権威が失墜したあとフランスに移住してきた。一六八八年、カトリックのイングランド国王ジェームズ二世は、プロテスタントである娘のメアリーとその夫オランダ総督オラニエ公による統治を望む勢力が起こした名誉革命によって、王座を追われた。しかしステュアート家には多くの支持者がおり、彼らはフランスなどに亡命した。ジェラール卿もそのひとりだった。ジェラール卿は、ステュアート朝の復興を企てる「ジャコバイト」のひとりだった。善良なアイルランド人カトリック教徒として、イングランドに対する狂信的な憎悪と、軍事への趣味を息子に植えつけた。自分の連隊の制服を息子に着せて、火薬の匂いを嗅がせるために戦場に連れていった。一七一四年、一二歳だったトマ＝アルテュールは、スペイン継承戦争の最後の戦いであるバルセロナ包囲戦を目の当たりにしている。戦いにおいては勇敢で、優れた騎士であり、威厳もあったので、すぐに頭角を現し、ルイ一五世の摂政オルレアン公フィリップ二世から目をかけられた。オルレアン公は一八歳の彼を大佐に任命しようと考えた。しかしジェラール卿はなんらかの理由でそれに反対している。その代わり、彼はディロンのアイルランド連隊での息子の昇進をあとおしした。ラリー＝トランダルは、一七三二年に副少佐になっている。

ポーランド継承戦争を始めとするルイ一五世の治世初期におこなわれた軍事遠征に、彼は副少佐として参加し、勇敢さで知られるようになった。フランスの旗印のもとで非の打ち所のない活躍をし、母親を通じてフランス人の血をひいているにもかかわらず、ラリーはアイルランド人の心をもちつづけていた。フランスとイギリス［グレートブリテン王国］の戦いは彼にとってジャコバイトの大義を推進する手段であり、けっしてそれを見失うことはなかった。一七三七年、彼は対峙している軍事力を調査し、上陸可能地点を決定するためにイギリスに赴いた。帰国後、彼はフランスとロシアの同盟が、オラニエ家に対する軍事同盟の鍵になると確信する。彼は自分の見解を伝えるため、若きルイ一五世の主要大臣だったフルーリー枢機卿に会見を求めた。枢機卿は彼の言葉に注意深く耳を傾けてはいたが、何よりもロシアとの外交上の関係を強化しようとしていたので、乗り気ではなかった。ラリーは自分を使節として派遣するよう説得する。だが、公式の称号もパスポートももたず、ただ情報を集めるためだった。もし失敗した場合には、彼の言動を非難すればすむ。

海賊と間違えられたラリーは、リガで二か月間投獄され、その後サンクトペテルブルクに到着した。その地で、幼いイヴァン六世の摂政であるクールラント公ヨハン・フォン・ビロンとの面会にこぎつけた。何よりもまずフルーリー枢機卿と接触することを望むビロンは、彼の要求を聞き入れることに同意するが、数週間がたつうちに、フランスの名において語ることを自慢していた激情的なアイルランド人が、ヴェルサイユの公式の支援を受けていないことに気づいた。監獄送りになるのを恐れたラリーは、滞在を短縮した方がよいと判断する。彼自身の言葉によれば、ライオンのようにロシアに入り、キツネのように去ったのである。とはいえ、彼は自分の使命を諦めてはおらず、みずからの消極性を責める気持ちでいっぱいになりながらも、フルーリーのもとを訪ねた。彼よりさらにいろいろな目に遭ってきて、あと一年の命の老枢機卿は、イギリスとの戦いを急ぐ彼をなだめ、状況を報告するよう命じた。それならお安いご用だった。ラリーは、神聖な大義に身を捧げた一匹狼の粘り強さと豪胆さでこの作業に取り組んだ。彼は報告書を二通も作成した。イギリス海峡の向こうには「アイルランド人のように頑固」という言葉がある。彼の報告書は的確ではあったが、実行されればヨーロッパ中に戦火が広がることになると思われた。枢機卿はそれをしっかり記憶し、興味をもったふりをして、ヴェルサイユの小部屋の片隅でほこりをかぶらせることにした。

「安心して眠ることができる」

オーストリア継承戦争のさなか、フランス王国にはもっと重要な問題があった。この不条理なヨーロッパの紛争では、同盟関係と領土への欲望が複雑にからみあった結果、オーストリアに対する大連合が結成されており、その継承に異議が唱えられているのがハプスブルク家の若きマリア・テレジアだった。ハプスブルク家に対して、イギリスとネーデルラント連邦共和国に支援されたフランスが、新興の強国プロイセンの側に立って参戦した。敏腕のプロイセン国王フリードリヒ二世がこの戦いで唯一の勝者となり、世論の見方によるとルイ一五世は信用を失った。フランスが「プロイセン王のために働いている」と揶揄されたのである。しかし一七四五年五月一一日、トゥルネー近郊での有名なフォントノワの戦いでルイ一五世は名誉を回復した。この戦いは、伝説となっている礼儀の交換で開始された。「イギリスの紳士諸君、そちらから撃ちたまえ！」というあいさつで始まったのである。敵連合軍に直面して、サックス元帥率いるフランス軍は、一斉射撃を受けた。しかし元帥自身の証言によると、ラリー＝トランダルのおかげもあって、フランス軍は優勢を取りもどすことができた。戦いの前日、彼は誤って通行不能と考えられていた有用な道を発見していた。彼は後方基地に忘れられていた予備の大砲を使うよう提案してもいた。おそらくイングランド人を射程内に入れたことで奮い立ったラリーは、ありとあらゆる手を尽くしたのである。

両陣営の人的損失がきわめて大きかったので、これはフランスにとっていわゆるピュロスの勝利、つまり割に合わない勝利だった。だがラリーにとっては大勝利だった。戦場では国王みずから彼を旅団長に昇格させてくれた。負傷者のひとりとなりながらも彼は、王太子の前で胸を張らずにはいられなかった。「国王の恩寵は福音の恩寵のようです。片目の者と足が不自由な者に注がれるのです」。こうしたやや無遠慮な発言を非難する者は誰もいなかったが、インドでの敗北の原因となる虚勢の気質がすでに認められる。さしあたり、サックス元帥は彼の自発的精神と勇敢さを称えている。「ラリーが軍隊にいるので、安心して眠ることができる」。こうした信頼によって、彼は昇進していき、一七五六年には陸軍少将から副司令官となった。翌年の初めには、王国の最高勲章である聖ルイ大十字勲章を授与された。ラリー＝トランダルが五五歳で他界していたなら、栄光のうちに世を去っていただろう。傷ひとつない栄光だ。しかし彼とフランスにとっての最大の不幸は、ヴェルサイユが彼に、異なる緯度での新たな使命を託したことだった…。

インドにて

一四九八年、ヴァスコ・ダ・ガマが喜望峰を回ってかつてのインド諸国、つまり南アジアと東南アジアに到達する航路を発見する。インド亜大陸は、香辛料や綿花やその他の貴重な物があることからとくに渇望されていた。ポルトガルは他の植民地大国に足並みをそろえていた。オランダ、デンマーク、イギリスは海岸沿いに国営の取引会社が運営する商館を建てていた。最後に進出したのがフランスだった。リシュリューの計画を引き継ぎ、フランスの遅れを取りもどすことを目的として、コルベールが一六六四年に東インド会社を設立する。一六六八年に最初の商館がスーラトに建てられ、一六七三年にはポンディシェリに、その後、シャンデルナゴル、マーヒ、ヤナオン、カリカル（カーライッカール）

にも建てられた。ポンディシェリの商館は最も繁栄し、フランスが統治する約五〇〇平方キロメートルの領土の行政中心地となった。フランスやその他のヨーロッパ諸国は、一七四一年まではある程度いい意味での商業的ライバル関係を維持していたが、ジョゼフ・フランソワ・デュプレクスがポンディシェリの総督に任命されたことが転機となり情勢が変化する。

先見の明があり野心家でもあるこの精力的な総督は、ムガル帝国の崩壊と数多くのヒンドゥー教王国の対立が、商業的問題を超えて、ヨーロッパの植民者たちに領土と影響力を拡大するチャンスを与えている、ということをすぐに理解する。イギリスを出し抜く決意をした彼は、フランスの同意を得ることなく、ただちに地元の専制君主たちと同盟を結ぶという華々しい戦略を実行する。デュプレクスはみずから太守となり、ムガル帝国の高官の衣装で身を飾り、混血の女性と結婚した。私財を投じて、フランスからは理解されないが、敵国からは恐れられる向こう見ずな遠征に乗りだした。マドラス［現在のチェンナイ］

をイギリスから奪ったあと、カーナティック地域の支配者となった彼は、南インドをフランスの保護領にするという野望を抱いて、デカン高原を占領しようとした。それが彼の天才的なところであり、厄介事の根源でもあった。彼の野心に恐れをなした東インド会社は、商人的な精神で反対し、釈明と目先の利益を求めた。しかしデュプレクスの計画は長期的にしか考えられないものである。彼がめざしているのはまさに、インド諸国をフランスのものにするということだった。一七五四年、彼の戦略が功を奏しはじめたまさにそのときに、デュプレクスは急にフランスに呼びもどされた。これに大喜びしたイギリスは、驚きつつも現実を見すえて、失脚した総督のやり方を急いでまねた。一七五六年に七年戦争が勃発すると、状況はさらに微妙になった。その戦争では、ヨーロッパの戦争当事国が遠く離れた植民地で戦うことになり、歴史上初めての「世界大戦」となった。翌年、イギリスは植民地の橋頭堡であるコルカタ近郊のプラッシーの戦いで決定的な勝利を収めた。デュプレクスへの帰還命令によって空白が生じたが、彼の部下だったカステルノー公爵ビュシー将軍によってその不在を埋めることができた。しかしヴェルサイユでは別の名があがっていた。ラリー＝トランダルである。

彼はうってつけの人物だと思われていた。彼はその実力を証明ずみであり、半島からイギリス人を追い出すという、自分に課された任務の限られた枠を尊重することができるだろう。また、政治に関与したり、商館やその付属機関の「なわばり」の範囲外を欲することはない。ラリーは全権をもつ総司令官に任命された。理論上これは願ってもない機会である。イングランドをグレート・ブリテン島で攻撃できなくても、熱帯地方で自民族の敵に立ち向かうことができるだろう。彼はすでに元帥の指揮棒を手にした自分の姿を想像していた。庇護者であるポンパドゥール侯爵夫人にそれをほのめかされていたからである。自分に自信がある彼は、敵を屈服させるには城壁の前に自分が姿を見せれば十分だと考えていた。ヴェルサイユの内閣の全員が同じ気持ちを抱いていたが、陸軍卿アルジャンソン伯爵だけは違った。彼はある手紙の中で、結果論として書かれたのではないかと思われるほどの驚くべき明晰さで、留保を表明している。

ド・ラリー氏がもたらすものすべてを私はあなた方よりよく知っている。そしてさらに、彼は私の友人である。しかしわれわれは彼をヨーロッパに残すべきである。彼の活動は火である。彼は規則に関して妥協せず、指示通り行動しないことが大嫌いで、迅速に進まないことを悔しがり、自分が感じたことをそのまま口に出し、礼を失する表現でそれを表明する。われわれのあいだではそれは素晴らしいことだ。しかしアジアの商館ではどう思われるだろうか。不注意があれば国王の軍隊を危険にさらすことになるだろう。服務違反やずるい行為があれば、ド・ラリー氏は厳罰をもって臨むかさもなければ怒号をあげるだろう。作戦に失敗して彼に復讐することになるだろう。ポンディシェリでは、城壁外での外部の戦争とともに、城壁内での内戦が起きるだろうこれ以上適切な言葉はないだろう。なぜならそれはまさに起こることなのだ。

悪い前ぶれ

一七五八年四月二八日、ラリー＝トランダルの艦隊は、マドラスとポンディシェリがあるインド半島の南東部、カーナティック地域のコロマンデル海岸に到着した。まだ上陸する前から、来たるべき大惨事を告げる最初の兆候があった。まず最初に、その航海はいつ果てるとも知れないもので、あと四日で丸一年という旅だった。一方、三か月後に出航したイギリスの船は、六週間早く到着していた。残念ながらラリーは、すぐれた船乗りだが小心者で最小限の努力しかしない艦隊司令官ダシェと折り合いをつけなければならなかった。フランス政府からは約束よりも少ない資金と人員が与えられた。六個大隊の代わりに四個大隊、つまり三〇〇〇人の遠征軍だった。どうってことはない、とラリーは自分に言い聞かせた。クリヨン、モンモランシー、ラ・トゥール・デュ・パン、デスタンなどといった国内有数の名門の将校に支えられているのだから。大砲を何発か撃てばすむことだ！ところで、現地の砲兵中隊は当然のように、総司令官の到着に空砲で敬意を表したいと考えていた。しかし大砲に弾丸が装填されていたため、船に損害を与えてしまったのである。どんな兆候も意味をもっている数千年の文化をもつ国では、驚くほどのうかつさであり、何よりも良くない前兆である。ラリーは、インド全体および各地方の特性、伝統、人々についてまったく知らず、「哀れな黒人」としか見ていなかった。彼は苦い経験を経て、それを知ることになる。

当初は予想外の成功を収めることができた。ポンディシェリ総督デュヴァル・ド・レイリに挨拶するために上陸するとすぐ、難攻不落といわれるセント・デイヴィッド砦に守られた隣接都市カダルールをイギリスから奪い取ろうとした。これがまさに、衝動的、専横的で極端なラリーの精神である。下町は砲撃だけで陥落したが、砦は別問題だった。天才的なデュプレクスでさえ、四度攻撃しても歯が立たなかったのである。ラリーが指揮する軍隊は、三七日間にわたる攻囲の末、ついに降伏させることができた。栄光に包まれてポンディシェリにもどった彼は、ムガル帝国の高官たちの目には、半島の新たな救世主のように映った。ラリーは紛れもなく優れた軍人であり、大胆で粘り強く頑固だが、政治についてはお粗末だった。デュプレクスとは正反対だったのである。彼は地元の有力者たちと手を結ぶことをかたくなに拒否する。彼はセポイ（インド人兵士）を人間以下の存在とみなし、軍隊に編入することを嫌った。さらに悪いことに、カーストの配慮や区別をすることなく現地民に雑用を割り当て、バラモン（祭司）とシュードラ（隷属民）を同じ荷車のうしろに乗せた。それはフランスで侯爵が平民とともに犂を動かすよう強いられたようなものだった。

終わりなき悪夢

セント・デイヴィッド砦を制圧したあと、ラリーは失策に次いで失態を犯す。彼はデカン高原でフランス軍の優位を保つのではなく、そこを去ってポンディシェリにもどるようビュシー将軍に命じた。彼が唯一執着している真の使命である、マドラスを奪取するためである。ビュシーはそのような撤退がおよぼす結果について警告する手紙を書いたが、ラリーは聞く耳をもたなかった。デカン高原はすぐに敵に奪われた。それについては、ほんとうに彼を非難することができるだろうか？　ラリーはヴェルサイユ政府に課された政策を忠実に実行しているにすぎないのである。彼がインドに来てまだ六か月しかたっていなかったが、フランス軍はすでに疲弊していた。当初の勝利は疲労困憊する努力とひきかえに達成されたものだった。食料と弾薬はすでに枯渇していた。息の詰まるような湿気に包まれ、一五年間にわたる戦争で疲れ切ったこの国では、すべてが不足していた。人々は一時しのぎの生活をしていた。ラリーは、マドラスの攻囲に取りかかる前に、ポンディシェリで新たな資源を探した。胡椒の相場や宮廷の革命派などに左右され、まるで郡庁のような雰囲気が漂う、この金権体質に支配された亡命者や策謀家たちの小世界では、その任務は容易ではないといわざるを得なかった。ラリーは、イエズス会の修道院長であるラヴォール神父という怪しげな人物に説得され、タンジョール［現在のタンジャーヴール］の王が同盟国フランスに貸したという古い借金の支払いの要求を認めてしまった。自分の信条に反したことで絶望に陥ったラリーは、わずかな兵員と資金で危険をかえりみず無謀な遠征に乗りだした。

過酷な環境を進んでいくにつれて、彼のわずかな部隊は泣き面に蜂の状態に陥る。体力も気力も尽き、飢えに苦しむ部隊は、ナゴレで許されない略奪をおこなった。ヒンドゥー教の寺院で、ラリーは神々の像を破壊させたのである。そのなかに金が入っていると思ったのだ。六人のバラモンをスパイと思い込み、ひどい拷問を加えた。大砲の口に縛りつけ、呆然とする民衆の目の前で大砲を撃ったのである。それはすべてタンジョールの城壁の前で自分の力を示すためだったが、タンジョールは城門を開くのを拒み、予想外の抵抗を示した。悪い知らせが最後の希望を打ち砕いた。ダシェの艦隊がイギリスのポーコック艦隊との海戦で敗北したのである。これにより、最も近い沿岸の都市、つまりフランス商館のあるカリカルが封鎖されてしまった。絶望したラリーは、何の目的も果たせずにポンディシェリにもどる。ラリーは計画を再検討することなく、主導権を維持し続けようとした。活動を停止すれば降伏を余儀なくされると考えたのである。ますます短気になった彼は、計画を冬のモンスーンが過ぎるまで延期したいとするビュシーの意見に反して、あくまでもマドラスの攻囲に執着した。いつものように強情で虚勢を張るラリーは、まだ自分の幸運の星を信じていた。それは新たな災厄だった。イギリス軍はポーコックから補給を受けていたが、ダシェの艦隊はフランス領フランス島（モーリシャス）でモンスーンが過ぎるのをみじめに待っていた。フランス軍はマドラスで敗北しただけでなく、さらに北の拠点であるマチリーパトナムも失った。

フランス領への包囲の輪は狭まっていた。軍隊の士気はどん底にあった。脱走者も増えていた。ビュシーとデュヴァル・ド・レイリとの意見の相違によって、あらゆる統一行動が損なわれていた。東インド会社はフランス軍の残存兵に最小限の生活費しか提供しなかった。資金は底をついていた。ラリーは兵士たちの給料を支払うために自分の貯金から一四万リーヴルを出した。それまでフランスの同盟者だったデカン地方の君主サラーバトや、その兄弟であるアルコットの長官バサレットなどの地元の王族からは、背を向けられた。最も強い者の理屈がつねに最も正しいといわれるように、彼らはイギリスの側についた。ラリーはデュプレクスが正しかったことを理解したが、少し遅かった。彼は同盟関係を結び直したいと考えていたが、一七五九年の春以降、災厄は避けられないものとなる。一七六〇年一月二二日、彼はポンディシェリ近郊のヴァンディヴァッシュ砦を奪還しようとした。面目を保つための最後の一戦だった。ビュシーは捕虜となった。ラリーはポンディシェリまで後退するほかなくなるが、イギリス軍がすぐに包囲した。

状況はこの世のものとは思えぬほど恐ろしいものだった。軍隊、というより残存兵力は七〇〇名にすぎず、ほとんどは発熱に苦しんでいた。一方、約三万人のイギリス軍は十分な食料と装備を備えていた。デュプレクスのもとで繁栄していた商館は、ひどい貧窮状態に陥っていた。イギリスの船は錨泊地を封鎖していた。包囲され、飢餓に苦しむ人々は、ネズミや腐敗した米を食べることを余儀なくされた。包囲された地獄のなかで、ラリーは東インド会社の反抗や呪いの言葉にも直面しなければならなかった。それは差し迫った凶事の前兆である。「ポンディシェリでは、城壁外での外部の戦争とともに、城壁内での内戦が起きるだろう」とアルジャンソン伯爵は予言していた。それでもラリーは必死に戦い、一〇か月持ちこたえた。「インドでこれほど長くもちこたえた者はいないだろう」と、イギリス軍大佐クートも認めている。一七六一年一月一六日、ポンディシェリは敵の手に落ちる。こうして、インドでのフランス植民地の歴史は幕を閉じた。

終わりのない試練

そしてラリーにとって長い苦難の道が始まり、ロンドンでの投獄が最初の逗留地となる。彼はそこにとどまることもできたが、自分に対して怒り狂う告発者たちに対して行動によって答えるため、フランスにもどることを求めた。これは、ポンディシェリの悲劇のさまざまな当事者たちが彼より先にパリに到着し、卑怯な手を使おうとしたからである。彼らが述べた事実によれば、ラリーは裏切りと卑怯な振る舞いにより有罪とされていた。彼はすっかり動転した。彼は裏切者なのか？　卑怯者なのか？　彼が精一杯の力を発揮したのは、「悪魔が吐き出した堕落の国」だったのだろうか？　ラリーはみずから虎穴に身を投じた。彼は国王の封印状により、約四年間バスティーユに監禁された。事態は長引くこととなった。当初、ショワズール大臣は、新たな問題が生じたり、ヴェルサイユを巻き添えにしかねない告白がなされたりする懸念から、彼を放免するつもりだったと思われる。実際、ラリーは監獄から、デュヴァル・ド・レイリ、ダシェ、ビュシーなどといったかつての協力者や部下に対して、さんざん非難の言葉を浴びせて抗弁した。いつもと変わらず、頑固な軍人はののしり、怒鳴った。一七六三年二月一〇日に署名されたパリ条約で、七年戦争による各国の決着がついたことで、彼への裁きがくだるときが近づいていた。フランスはイギリスにカナダの領土とミシシッピ以東の全領土を割譲し、スペインにルイジアナを割譲した。当初の植民地帝国のうち、政治的野望を放棄するという条件で、アンティル諸島、アフリカ、インドの商館だけがフランスに残された。陸上では窮地に追い込まれたが、海上で勝利を収めたイギリスにとって、これは大当たりだった。「太陽が沈むことのない」植民地帝国を得たこの国は、二〇世紀までその覇権を広げていく。

戦争以前の状態にもどされたパリ条約はまさに屈辱であり、そのためラリー＝トランダルの裁判は復讐劇のようになっていく。見せしめが必要だったのだ。「私の命と無実を捧げます」と彼は宣言する。人々はその前者だけを望んでいた。中傷文書に惑わされた人々は、それを支持した。パリの御者たちは、後ろ足を上げて逆らうやせ馬に「はいどう、ラリー！」と叫ぶといわれた。そうやって怒りをあらわにしていたのである。彼は軍法会議ではなく、パリ議会に引き出された。膨大な軍事報告書の妥当性を判断するのは、法服貴族たちだった。議会は、政府の人間を被告人席につかせ、それによって国家における力を示せることに満足していた。のちに貴族のラ・バールに有罪判決をくだすことになる冷厳な検察官パスキエを前にして、判決はわかりきったことのように思われた。

ラリーは投獄と病気、そして六〇歳という年齢によって衰弱し、弁護士もつけられなかったが、残された闘志のすべてをかけてこの最後の一戦を交える決意だった。「私がまだ息をしているのは復讐のためだ」、と彼は息巻いた。ラリー被告は東インド会社に対する攻撃を惜しまず、自分はあらかじめ決められたロードマップに従ったにすぎないと主張した。ビュシーとダシェは彼に不利な証言をし、ひどい間違いだと指摘した。より慎重な解釈をしていたモンモランシー侯爵の話を聞くことは差し控えられた。気にかかる要素が証言につけ加わった。ポンディシェリの悪霊、ラヴォール神父はフランスにもどっていたのだが、彼の死後、彼の持ち物のなかにかなりの額のお金とインドでの状況についての二通の報告書が見つかった。一通は総司令官を称賛するもので、もう一通は中傷するものだった。修道会の清貧の誓いや誰にでも求められる誠実の義務とはほど遠いこのイエズス会士は、明らかに将来への予防策として、情勢の風向きに応じた二通りのバージョンを用意していた。そして裁判所が決断をくだすのはもちろん、ラリーを中傷する報告書だった。国王の利益に対する裏切り、公金横領、略奪、そして「独裁的で専制的な」権威の簒奪により有罪とされたラリー＝トランダルは、死刑を宣告された。

コンシエルジュリーに移送された彼は、死刑執行人の手から逃れようとフロックコートの裏地に隠したコンパスを胸に突き刺した。しかしその先端は心臓まで届かなかった。おとなしく断頭台を受け入れる以外に選択肢はなかった。彼が汚い言葉を吐かないようにしなければならない。ラリーは、黒い布で覆われた四輪馬車の代わりに、ありふれた荷馬車に放り込まれ、猿ぐつわをかまされた。彼の試練の最後の逗留地であるグレーヴ広場は、暴力的で無料の見世物に飢えた群衆であふれていた。家々の窓に陣取った東インド会社の社員や上流社会に属する者たちが、「卑怯者」の最後の瞬間を楽しんでいた。生涯を通じて勇敢に死に立ち向かってきた男が、威厳をもって断頭台に頭を乗せる。死刑執行人は、のちに多くの革命の名士たちをギロチンにかけることによって名を馳せた、若き日のシャルル＝アンリ・サンソンだった。まだ未熟だったサンソンの一撃は失敗し、顎を砕いただけだった。激しい非難の叫び声で中断された残虐な任務を、シャルル＝アンリの父親がやり遂げなければならなかった。こうしてトマ＝アルテュール・ラリー＝トランダルは、一七六六年三月九日に亡くなった。

「死にかけた者が生き返る」

同じ日、一五歳の少年が、死刑に処せられる人にひとめだけでも会いたいと、グレーヴ広場に駆けつけた。息を切らせた彼が見たのは、死刑台の上の血だまりだけだった。少年は、ラリーとアイルランド人家政婦との内縁関係によって生まれた息子、ジェラールであった。彼は処刑の日に初めて親子関係を知ったといわれている。そのときから、ジェラール・ド・ラリー＝トランダルは、それまで知らなかった父親に死後の正義をもたらすために、自分の生涯を捧げると誓った。一七七三年、彼はヴォルテールという名の意外な理解者を見つける。意外だったというのは、この老哲学者が当初、ラリーの中傷者のひとりだったからだ。ラリーは「暴力的で非常識な男」であり、「すべての人を敵にまわす秘密をもっていた、というのだった。イギリスがポンディシェリを包囲する準備をしていた時期の、一七六〇年二月一五日付けの手紙のなかで、ヴォルテールは次のように書いている。「ポンディシェリにはラリーがいるが、遅かれ早かれ、彼に年間二万リーヴルを支払うことになるだろう」。これは、啓蒙主義の導き手であり、表向きには「モスリンやプリント地をめぐる代理人の争い」を軽蔑するふりをしているサロンの反植民地主義者が、東インド会社の株主でもあったからだ…。しかしヴォルテールは、判決文の原本を読んだあと、公金横領も裏切りもなかったこと、ラリーは「かなり曖昧な侮辱と不明瞭な話」にもとづいて有罪とされたにすぎないことを確信する。そして彼はラリー＝トランダルの味方となり、カラス事件やラ・バール事件とともに、彼の生涯における大きな事件のひとつとした。

ジェラールは自分の主張を必死に申し立てたので、新国王ルイ一六世と王妃マリー・アントワネットは心を痛めた。一七七八年七月一六日、国王評議会は一七六六年の裁決を破毀し、この件をルーアン議会、次いでディジョン議会に付託した。ヴォルテールは人生最後の手紙のなかで次のように書いている。「死にかけた人は、この重大な知らせを聞いて生き返った。彼はド・ラリー氏を優しく抱擁する。国王が正義の擁護者であることを理解する。彼は満足して死んでいく」。しかし、手続きは判決の一部修正で終わった。国家反逆罪は除かれたが、その他の告訴箇条は維持された。一七八六年には国王が彼の息子に大佐の勅許状を授与したが、ラリー＝トランダルが完全に復活することはなかった。デュヴァル・デプレメニルのような他の関係者の子孫が、自分たちの名前の名誉を守るために働きかけたということは述べておかなければならない。デプレメニルとラリーの息子は革命という大きな舞台まで政治家であり続け、革命ではふたりとも重要な役割を果たすことになる。

悪いカルマ

ラリー＝トランダルは、インドにおけるフランスの壮挙と同様に、歴史のなかで忘れ去られることになる。二〇世紀には民族解放の大きなうねりを経て、植民地の歴史は双方に苦い記憶を残した。フランスは、それについてのつらい詳細調査をおこなうよりも、記憶を抑圧することを選んだ。ジャック・カルティエ、デュプレクス、サヴォルニャン・ド・ブラザ、あるいはリョテ元帥などの傑出した人物の記憶を闇に葬る可能性があるとしてもである。すべてはもう済んだこととなった。こうしてラリー＝トランダルは公式に、インドにおけるフランス帝国の敗北の責任をひとりで負い続けることになる。彼の過ちを免罪しようとするのはばかげたことだろう。事実は彼と同じように頑固だ。ジャコバイトの大義のための十字軍であるラリーは、確信をもってこの冒険に乗りだした。彼は無知、不器用さ、無分別に近い頑固さを示した。彼の絶え間ない大言壮語は、彼が頼るべきだった者たちを敵に回してしまった。単独行動をとり、運命を思い通りにしようとして、インドと対峙している軍事力の現実に突き当たる。最後まで、彼は自分の言動について問い直すということができなかった。彼は思い上がりの罪に身をゆだねた。それは古代のギリシア人がヒュブリス（傲慢）と呼んでいたもの、ヒンドゥー教徒がサンスクリット語で我執を意味するアハンカーラという言葉で呼ぶものだ。ヒンドゥー教のもうひとつの原則、カルマの原則についても考えずにはいられない。悪い行為は遅かれ早かれ報いを受けるということだ。一九世紀フランスの歴史家ミシュレも、ラリーの運命のなかに必然性のようなものを見ており、「残念なことに、悪い前兆のもとで生まれ、あらかじめ運命を定められていた男」であると述べていた。

とはいえ、ラリーの過失が、外国に責任をかぶせて満足しているヴェルサイユ内閣を始め、この災厄における他の当事者たちの落ち度を忘れさせるということがあってはならない。ラリーは、彼らの過ちを許すのにいたって好都合なスケープゴートなのである。必要な手段も支援も奪われた彼は、冷静で粘り強く野望を達成する手段も備えた尊敬される指導者に従って団結しているイギリスに対して、片手を後ろに回して戦わなければならなかった。ラリーの不品行は、ルイ一五世の精彩のない統治下において、一貫性のないちぐはぐな森を隠す木にすぎない。たしかにルイ一五世は悪意のある人間ではなかったが、明らかに悪い王だった。陰謀を巡らす貴族、高貴な娼婦や行きずりの尻軽女などといった取り巻きたちの影響を強く受けて、王国の政治を腐敗させる宮廷の対立関係を放置するという罪深い弱点があった。

デュプレクスがインドを大皿に乗せて提供しようとしていたときに、ポンパドゥール夫人の影響下にあって東インド会社の会計的要求により敏感な内閣は、ラリー以上の偏狭さを示した。リシュリューやコルベールのような偉大な政治家に特有の長期的展望のもとで、デュプレクスやビュシーに行動の自由を与える代わりに、内閣はアルジャンソン伯爵の意見に反してラリーを派遣した。そしてアルジャンソン伯爵自身も、ポンパドゥール夫人から反感を買うことになった。内閣の政策は、ヴォルテールがカナダで失われた領土について「雪ばかりの数エーカーにすぎない」と語ったように、能力より生意気さ、常識より気の利いた言葉が好まれるサロンの世界でしか通用しない、視野の狭いものだった。こうした判断能力の欠如がフランスに多大な損失をもたらし、イギリスがインド帝国という最高の宝石を王冠にはめ込むことにもなった。それはラリーの過失よりはるかに非難に値するものだ。少なくともラリーは、軍隊の悲惨な生活をともにしながら汗水垂らして働き、彼だけが死をもって償いをした。それから三〇年もたたないうちに、もうひとりのスケープゴートであるルイ一六世が同じ死刑執行人の足もとに倒れることになる。そのときフランス王室は、あまりにも長いあいだ放置してきた無能さの代償を払うことになるだろう。カルマはその報いをもたらすということだ。

◆著者略歴◆
ヴァンサン・モテ（VINCENT MOTTEZ）
歴史分野を専門とする作家、ジャーナリスト。いくつかの雑誌に寄稿しているほか、フランス・テレヴィジオンの「歴史の秘密 Secret d'Histoire」のディレクターもつとめている。2017年に『秘密結社、歴史におけるその真の役割 Sociétés Secrètes, leur véritable rôle dans l'Histoire』（ファースト社）を発表。

◆訳者略歴◆
太田佐絵子（おおた・さえこ）
早稲田大学第一文学部フランス文学科卒。おもな訳書に、『新版 地図で見る中東ハンドブック』、『地図で見るインドハンドブック』、『地図とデータで見る農業の世界ハンドブック』、『地図とグラフで見る第２次世界大戦』、『地図で見る中国ハンドブック〈第３版〉』（いずれも原書房）などがある。

スケープゴートが変《か》えた世界史《せかいし》
上
ネロ、ルクレツィア・ボルジアからカトリーヌ・ド・メディシス

●

2025年2月10日　第1刷

著者………ヴァンサン・モテ
訳者………太田佐絵子《おおたさえこ》
装幀………川島進デザイン室
本文・カバー印刷………株式会社ディグ
製本………東京美術紙工協業組合
発行者………成瀬雅人

発行所………株式会社原書房
〒160-0022　東京都新宿区新宿1-25-13
電話・代表　03(3354)0685
http://www.harashobo.co.jp
振替・00150-6-151594
ISBN978-4-562-07497-6